Is Leatsa Í—Leabhar Saothair

# Gaeilge Duitse

# Is Leatsa Í—Leabhar Saothair

GILL AND MACMILLAN

Arna fhoilsiú ag
Gill and Macmillan Ltd
Goldenbridge
Baile Átha Cliath 8
agus cuideachtaí comhlachta ar fud an domhain

Dearadh le Design Image
Pictiúir: Design Image, Cathy Henderson,
Graham Thew
Arna chur i gcló ag Seton Music Graphics Ltd, Beanntraí, Co. Chorcaí

**Admhálacha**
As cead grianghrafanna a atáirgeadh
tá na foilsitheoirí buíoch de: Tom
Kennedy/Source; *Irish Times*; *Saol*

Tá cosc ar
fota-cópáil
de réir dlí

# CLÁR

# AONAD 1
# AN TEAGHLACH

■ **Cleachtaí Bunaithe ar an Téacs**

**1.1 Fíor nó bréagach? Cuir tic ( ✓ ) sa bhosca cuí. [Téacsleabhar, lch 3.]**

|  | *Fíor* | *Bréagach* |
|---|---|---|
| Is í Bríd an cailín is sine | ☐ | ☐ |
| Tá Áine naoi mbliana d'aois | ☐ | ☐ |
| Is é Tomás an duine i lár | ☐ | ☐ |
| Tá Seán dhá bhliain d'aois | ☐ | ☐ |
| Tá Máirtín cúig bliana d'aois | ☐ | ☐ |
| Tá Tomás aon bhliain déag | ☐ | ☐ |
| Is maith le Bríd leadóg a imirt | ☐ | ☐ |
| Is maith le Daidí obair sa chistin | ☐ | ☐ |

**1.2 Éist leis an téip agus bailigh an t-eolas. [Téacsleabhar, lch 6–7]**

▱ **MÍR 1**

Dia daoibh. Is mise Dónall / Deaglán / Diarmaid ✓

Tá mé i mo chónaí     i gCorcaigh    ✓    i Ros Cré ☐

             i gCathair Saidhbhín ☐

Tá peata asail ☐   madra ✓   coinín ☐   agam.

Tá deartháir ☐   deirfiúr ✓   amháin agam.

▱ **MÍR 2**

Mise Linda ☐   Hilda ✓ . Tá mé _sé_ bliana déag d'aois. Tá mé i mo chónaí sa Sciobairín ☐   Ghaeltacht ☐   Teampall Mór ✓ . Tá triúr _deirfiúr_ agam agus _deartháir_ amháin. Is mise an duine is _óige_ . Tá _capall_ agam. Dic is _ainm_ dó.

●

1

Ainm agus sloinne: _Eibhlín_ Uí Shé.     Líon páistí: seisear

Áit chónaithe: Bóthar na Trá i nGaillimh

| | Ainm | Aois | Peata |
|---|---|---|---|
| 1 | Seán | dhá bhliain déag d'aois | |
| 2 | Bernie | deich mbliana d'aois | coinín |
| 3 | Siobhán | ocht mbliana d'aois | |
| 4 | Tomás | sé bliana d'aois | puisín |
| 5 | Colm | trí bliana d'aois | |
| 6 | Ciara | trí bliana d'aois | |

**1.3 Éist leis an téip agus bailigh an t-eolas. [Téacsleabhar, lch 13.]**

🔊 **MÍR 6**

| Ainm | Aois | Áit chónaithe | Teaghlach |
|---|---|---|---|
| Nóra | | | |
| Pádraig | | | |
| Máire | | | |
| Dónall | | | |
| Risteard | | | |
| María | | | |

**1.4 Léigh na giotaí agus bailigh an t-eolas. [Téacsleabhar, lch 13.]**

| Ainm | Áit chónaithe | Slí bheatha | Teaghlach | Aois | Aon eolas eile |
|---|---|---|---|---|---|
| | | | | | |
| | | | | | |
| | | | | | |

**1.5 Éist leis an téip agus freagair na ceisteanna. [Téacsleabhar, lch 17.]**

🔲 **MÍR 7**

Cá bhfuil Carmel Ní Mhóráin ina cónaí?

Cá dtéann sí ar scoil?

Cén rang ina bhfuil sí?

Cé mhéad páiste sa chlann?

Cá mbíonn an mháthair ag obair? Sa scoil ☐ sa bhialann ☐ in oifig ☑

Cá mbíonn an t-athair ag obair?

Sa bhanc ☐ san ospidéal ☐ i dteach tábhairne ☑

Cad a tharlaíonn ar an Aoine?

**1.6 Líon na boscaí le heolas faoi ghaolta Nollaig. [Téacsleabhar, lch 24.]**

|      | Gaol     | Áit chónaithe | Post | Eolas eile |
|------|----------|---------------|------|------------|
| 1.   | A athair |               |      |            |
| 2.   |          |               |      |            |
| 3.   |          |               |      |            |
| 4.   |          |               |      |            |
| 5.   |          |               |      |            |
| 6.   |          |               |      |            |
| 7.   |          |               |      |            |
| 8.   |          |               |      |            |
| 9.   |          |               |      |            |
| 10.  |          |               |      |            |

### 1.7 Pablo Picasso. [Téacsleabhar, lch 25.]

Rugadh é i mí _____

_____.

An áit inar rugadh é: _____.

Ag aois a 8, …

Ag aois a 14, …

Phós sé _____ _____.

_____ ab ea í.

Rinne sé colláisí as

Pictiúr cáiliúil a rinne sé:

_____.

Bliain a bháis: _____.

An áit ina bhfuair sé bás: _____.

Cén fáth gur úsáid sé dath gorm?

_____

_____

Cad a léiríonn sé sa phictiúr 'Guernica'?

_____

_____

Cé a spreag é chun dul ag péinteáil, meas tú?

_____

_____

## ■ Cleachtaí Dul Siar

### 1.8  Cuir na habairtí agus na pictiúir le chéile.

(a)  Tá Siobhán sé bliana déag inniu.

(b)  Tá na páistí ag dul ar scoil.

(c)  Tar isteach. Tá fáilte romhat.

(d)  Ceathrar páiste atá sa chlann.

(e)  Tá sí ina cónaí in aice na farraige.

(f)  Is maith le Seán ceol U2.

**1.9 Féach ar na pictiúir thall agus freagair na ceisteanna.**

(a) Cá bhfuil an teach seo?

sa bhaile mór ☐        cois trá ☐

in aice na farraige ☐        faoin tuath ☐

in aice na scoile ☐        sa chathair ☐

(b) Cad tá ar na páistí?

Tá cótaí orthu ☐        Tá hataí orthu ☐

Tá málaí scoile orthu ☐        Tá brón orthu ☐

Tá spéaclaí orthu ☐        Tá áthas orthu ☐

(c) Cá bhfuil an múinteoir? Cé a tháinig go dtí an doras? Cad a dúirt na páistí?

(d) Tá Mamaí agus na _____ ag an mbord. Tá siad ag _____. Tá _____ orthu. Rinne _____ an bricfeasta.

(e) Tá _____ sa seomra suí. Tá sé ag éisteacht le _____. Is maith _____ U2.

(f) Fuair _____ cárta lá breithe. Tá _____ uirthi. Tá sí ____ _____ _____ inniu.

## 1.10 Scríobh an abairt cheart le gach pictiúr.

(a) Tá cúigear ag obair sa ghairdín.
(b) Tá ochtar ar bhus na scoile.
(c) Tá deichniúr ag fanacht le bus.
(d) Tá seachtar ag siopadóireacht.
(e) Tá naonúr sa seomra scoile.
(f) Ta seisear ag snámh.
(g) Tá beirt ag rothaíocht.
(h) Tá triúr ag siúl cois trá
(i) Tá ceathrar ag imirt peile.

## 1.11 Déan an crosfhocal.

*Trasna*
1. _____ Daidí an nuachtán.
3. Dúisíonn Mamaí ar a hocht a chlog ar _____.
7. Itheann na páistí an _____.
9. Bíonn _____ ag Mamaí i lár an lae.
11. Glanann Daidí an _____.
12. _____ Daidí an tine.
13. _____ Mamaí cupán caife.

*Síos*
1. Éiríonn Daidí i lár an _____.
2. Déanann Daidí _____.
4. Féachann siad ar an _____.
5. Tá Mamaí ag obair in _____.
6. Tosaíonn obair na scoile ar a _____ a chlog.
8. _____ Daidí ón obair.
10. Itheann an chlann an _____ ar leathuair tar éis a cúig.

## 1.12 Freagair na ceisteanna.

Cé mhéad aintín agat?
Cé mhéad uncail agat?

Cé mhéad deartháir ag do chara?
Cé mhéad deirfiúr aige / aici?

### 1.13 Cé mhéad?

Cé mhéad buachaill sa phictiúr?
Cé mhéad cailín?
Cé mhéad buachaill le hata?
Cé mhéad buachaill gan hata?
Cé mhéad cailín le hata?
Cé mhéad bronntanas ar an mbord?
Cé mhéad cathaoir sa seomra?
Cé mhéad coinneal ar an gcáca?

Cén aois an cailín seo inniu?
Cé mhéad beart ar an bhfuinneog?
Cé mhéad lampa sa seomra?
Cé mhéad gloine ar an mbord?
Cé mhéad gloine ar an matal?
Cé mhéad cárta ar an matal?
Cé mhéad cárta ar an mbord?

## 1.14 Cuir gach abairt leis an bpictiúr ceart.

(a) Itheann siad a mbricfeasta.
(b) Tiomáineann Mamaí an carr.
(c) Tosaíonn obair na scoile ar a naoi a chlog.
(d) Éiríonn Daidí i lár an lae.
(e) Lasann sé an tine.
(f) Léann sé an nuachtán.
(g) Glanann sé an bord.
(h) Téann siad go dtí an leabharlann.
(i) Bíonn lón ag Mamaí.
(j) Filleann Daidí ón obair san oíche.
(k) Déanann siad an obair bhaile.
(l) Féachann siad ar an teilifís.

1

2

3

4

5

6

7

8

9

## 1.15 Cad a dhéanann siad gach lá?

Tá Mamaí ar saoire.
Tá Daidí agus na páistí sa bhaile.
Níl laethanta saoire ag na páistí ón scoil.
Níl laethanta saoire ag Daidí ón obair.
Tagann Mamó gach tráthnóna chun aire a thabhairt do na páistí.
Cad a dhéanann gach duine acu gach lá?

**1.16 Craobh ghinealaigh.**

Mamó    Daideo Ó Sé          Daideo Ó Néill    Mamó

Aintín Rós    Aintín Niamh    Uncail Páid    Uncail Pádraig    Uncail Seoirse    Aintín Síle

Uncail Mícheál    Uncail Liam    Mamaí    Daidí    Aintín Áine

Seán    Tomás    Bríd    Úna

Cé mhéad deirfiúr ag Mamaí?
Cé mhéad deartháir aici?
Cé mhéad deirfiúr ag Daidí?
Cé mhéad deartháir ag Daidí?
Cé mhéad mac atá ag Daideo Ó Sé?

Cé mhéad iníon?
Cé mhéad mac atá ag Daideo Ó Néill?
Cé mhéad iníon atá aige?
Cé mhéad uncail atá ag na páistí?
Cé mhéad aintín atá acu?

**Déan craobh ghinealaigh duit féin.**
Inis dúinn fút féin ansin.
Tá _____ deartháir agam.
Tá _____ uncail agam.
Tá _____ aintín agam.

**1.17 Cé hiad seo?**

1

Cé hí seo?
Cá n-oibríonn sí?

2

Cé hé seo?
Céard a dhéanann sé?

3

Cé hí seo?
Céard a dhéanann sí?

4

Cé hé seo?
Céard a dhéanann sé?

5

Cé hí seo?
Céard a dhéanann sí?

6

Cé hé seo?
Cad a dhéanann sé?

**1.18 Cuir le chéile na daoine agus na háiteanna ina bhfuil siad ag obair.**

siopadóir     múinteoir
seodóir        tógálaí
siopadóir     leictreoir
dochtúir      siúinéir
aeróstach    feirmeoir

**1.19 Seo iad Muintir Shúilleabháin.**

Daidí—Is tiománaí bus é.

Mamaí—Is rúnaí í san ospidéal.

Seán—Tá sé sé bliana déag.

Úna—Tá sí ceithre bliana déag.

Edel—Tá sí dhá bhliain déag.

Tá peata madra acu freisin.

Scríobh cúig rud a dhéanann gach duine acu gach lá.

**1.20 Cad a dhéanann tusa ar an Satharn?**

Cén t-am a éiríonn tú?

An itheann tú bricfeasta?

An dtéann tú ag snámh? Cén t-am? Cén áit?

An dtéann tú ag siopadóireacht?

Cad iad na cluichí a imríonn tú?

An gcabhraíonn tú le Mamaí?

An ndéanann tú obair sa ghairdín?

An mbuaileann tú le do chairde?

Scríobh clár ama duit féin don Satharn.
9:30:

10:30:

12:00:

**1.21 Leigh na habairtí seo. Cuir na pictiúir thíos in ord agus scríobh an scéal i gceart ansin. Cuir an t-am ar gach pictiúr.**

(a) Ar leathuair tar éis a dó chuaigh Seán ag imirt peile lena chairde sa pháirc. Bhí an-spórt acu.

(b) Bhí an dinnéar ag an gclann ar a haon a chlog. Ansin chuaigh Mamaí ag siopadóireacht, agus bhuail Seán lena chairde sa bhaile mór.

(c) Tháinig Mamaí abhaile ó na siopaí. Bhí cupán tae ag an gclann, agus ar a cúig a chlog chuaigh siad go dtí an linn snámha. Is breá le gach duine snámh.

(d) Tar éis tamaill chabhraigh Seán le Daidí. Nigh siad an carr, mar bhí sé an-salach. Carr bán atá acu, agus níonn siad é gach Satharn.

(e) Níor éirigh an chlann go luath, mar ní raibh aon scoil ag na páistí. Bhí an bricfeasta acu ar leathuair tar éis a naoi.

(f) Bhí an suipéar ag an gclann ar a sé a chlog, agus ansin d'fhéach siad ar chluiche sacair ar an teilifís.

# — AONAD 2 —
# AN SCOIL

## ■ Cleachtaí Bunaithe ar an Téacs

### 2.1 Ainm na scoile. [Téacsleabhar, lch 28.]
Seo í …

Seoladh na scoile: _____.

Príomhoide: _____.

Leas-phríomhoide: _____.

Rúnaí na scoile: _____.

Tógadh an scoil seo sa bhliain _____.

### 2.2 Ranganna. [Téacsleabhar, lch 28.]

**Líon daltaí**

| | Buachaillí | Cailíní |
|---|---|---|
| An chéad bhliain | | |
| An dara bliain | | |
| An tríú bliain | | |
| An ceathrú bliain | | |
| An cúigiú bliain | | |
| An séú bliain | | |

### 2.3 Cén sórt éide scoile atá agatsa? [Téacsleabhar, lch 29.]

Sciorta agus geansaí corcra ☐          Geansaí agus sciorta dúghorm ☐

Sciorta agus geansaí uaine ☐          Sciorta agus geansaí dearg ☐

Geansaí agus sciorta donn ☐          Sciorta liath agus geansaí dearg ☐

Cén sórt léine?     bán ☐          bándearg ☐          bánghorm ☐

                    buí ☐          corcra ☐          liath ☐

Cén dath atá ar do chairdeagan?

Cén dath atá ar do charbhat?

Cén sort éide scoile ba mhaith leat?

**2.4 Éist leis an téip agus bailigh an t-eolas. [Téacsleabhar, lch 29.]**

MÍR 1

Ainm: Bláthnaid

Scoil:

| | |
|---|---|
| clochar | ☐ |
| scoil phobail | ☑ |
| scoil chuimsitheach | ☐ |

Rang: chéad bhliain

Tagann sí ar scoil

| | |
|---|---|
| ar an mbus | ☐ |
| ar rothar | ☑ |
| i gcarr | ☐ |

Éide scoile:

sciorta ~~bán~~ corcra

geansaí ~~corcra~~ liath

blús ~~bán~~ bán

stocaí liath

bróga dubha

Tá cead Doc Marten's a chaitheamh.

**2.5 Cuir na hábhair sa bhosca ceart. [Téacsleabhar, lch 31.]**

| Teangacha | Ábhair acadúla | Ábhair phraiticiúla |
|---|---|---|
| | | |
| | | |
| | | |

**2.6 Éist leis an téip agus líon an greille. [Téacsleabhar, lch 33.]**

🔊 **MÍR 2**

Mise Dónall

| Is maith liom | Fáth |
|---|---|
| Tíreolas | Tá an múinteoir go deas |
| Ní maith liom | Fáth |
| Líníocht Cócaireacht Fhraincis | Tá an múinteoir crosta " " " uafásach |

**2.7 Éist le Síle ag caint. Cuir an scoil nua i gcomparáid leis an mbunscoil. [Téacsleabhar, lch 34.]**

🔊 **MÍR 3**

| An mheánscoil | An bhunscoil |
|---|---|
| 1 | 1 |
| 2 | 2 |
| 3 | 3 |
| 4 | 4 |

**2.8 Éist leis an téip agus freagair na ceisteanna. [Téacsleabhar, lch 35.]**

🔊 **MÍR 4**

Tá Mamaí ag caint—

leis an múinteoir ☐
leis an bpríomhoide ☑
leis an sagart ☐

Bhí an chlann ina gcónaí—

i mBaile an Mhóta ☐
i gCluain Meala ☐
i mBaile Átha Cliath ☑

Cá bhfuil an scoil seo?

i mBaile Átha Cliath ☐
i nDurlas ☐
sa Teampall Mór ☑

Cén aois iad na páistí?

—Siobhán: 12 ☐  16 ☐  14 ☑
—Tomás:  11 ☐  12 ☑  9 ☐

An rang ina bhfuil Siobhán?

Bliain a dó ☐
Bliain a sé ☐
Bliain a trí ☑

Cad is ainm don chúpla? Michelle agus __Diarmaid__.
Tá siad i rang a ___ceathair___ sa bhunscoil.

Cén saghas scoile í?

Ceardscoil ☐
Pobalscoil ☐
Clochar ☑

Scoil

bhuachaillí ☐
chailíní ☐
mheasctha ☑ is ea í.

Tá an __eide__ scoile le fáil i __siopa__ Uí Néill ar an bpríomhshráid.

Cuirfidh an ___príomhoide___ an oifig faoi ghlas agus taispeánfaidh sí na seomraí do Mhamaí.

**2.9 Déan suirbhé: Conas a thagann na daltaí sa rang ar scoil? [Téacsleabhar, lch 35.]**

|  | Ag siúl | Ar an traein | Ar an mbus | Ar rothar | I gcarr |
|---|---|---|---|---|---|
| 20 |  |  |  |  |  |
| 19 |  |  |  |  |  |
| 18 |  |  |  |  |  |
| 17 |  |  |  |  |  |
| 16 |  |  |  |  |  |
| 15 |  |  |  |  |  |
| 14 |  |  |  |  |  |
| 13 |  |  |  |  |  |
| 12 |  |  |  |  |  |
| 11 |  |  |  |  |  |
| 10 |  |  |  |  |  |
| 9 |  |  |  |  |  |
| 8 |  |  |  |  |  |
| 7 |  |  |  |  |  |
| 6 |  |  |  |  |  |
| 5 |  |  |  |  |  |
| 4 |  |  |  |  |  |
| 3 |  |  |  |  |  |
| 2 |  |  |  |  |  |
| 1 |  |  |  |  |  |

Tagann _____ ar an traein.     Tagann _____ ar rothar.
Tagann _____ ar an mbus.     Tagann _____ i gcarr.
Tagann _____ ag siúl.

**Cuir an modh taistil agus an áit chónaithe le chéile:**

*Modh taistil*
ag siúl
ag rothaíocht
i gcarr
i mbus na scoile
…

*Áit chónaithe*
deich gciliméadar amach faoin tuath
dhá chiliméadar ón mbaile mór
ceithre chiliméadar ón mbaile mór
sa bhaile mór
…

**2.10 Éist leis an téip agus freagair na ceisteanna. [Téacsleabhar, lch 37.]**

■□■ **MÍR 5**

| | | |
|---|---|---|
| Tá Pádraig Ó Riain ina chónaí | sa Teampall Mór | ✓ |
| | san Aonach | ☐ |
| | i Ros Cré | ☐ |

| | | |
|---|---|---|
| Téann sé ar scoil | sa ghairmscoil | ☐ |
| | sa phobalscoil | ☐ |
| | sa chlochar | ✓ |

| | | |
|---|---|---|
| Tá sé ina chónaí | seacht míle ón scoil | ☐ |
| | trí mhíle | ☐ |
| | míle go leith | ✓ |

| | | |
|---|---|---|
| Téann sé ar scoil | ar an mbus | ☐ |
| | ar a rothar | ✓ |
| | sa ghluaisteán | ☐ |

| | | |
|---|---|---|
| Is maith leis rothaíocht | lá fuar | ☐ |
| | lá breá | ✓ |
| | lá fliuch | ☐ |

■□■ **MÍR 6**

Tá Máire Ní Shé ina cónaí
sa bhaile mór ☐   faoin tuath ✓

Tá sí ag dul ar scoil
i Ros Cré ☐   san Aonach ☐   i nDurlas ✓

Tagann sí ar scoil
i ngluaisteán ☐   ar bhus na scoile ✓   ag rothaíocht ☐

Ceannaíonn sí ticéad
gach lá ☐   gach mí ✓   gach seachtain ☐

●

Stopann an bus
ag an scoil ☐   i lár an bhaile ☐   ag an séipéal ☐   ag an stáisiún ☑

**🔲 MÍR 7**

Tá Marc ar scoil
sa ghairmscoil ☑   sa chlochar ☐   sa phobalscoil ☐

Tá sé ina chónaí
i Ros Cré ☑   i nDurlas ☐   san Aonach ☐

Tá óstán ☐   siopa búistéara ☐   siopa poitigéara ☐   siopa bróg ☑   ag a
thuismitheoirí.

Tagann sé ar scoil
ar an mbus ☐   ag siúl ☑   ar a rothar ☐


**2.11 Scríobh amach an clár ama atá agat féin. [Téacsleabhar, lch 41.]**
Clár ama: Bliain 1

| Am | Dé Luain | Dé Máirt | Dé Céadaoin | Déardaoin | Dé hAoine |
|----|----------|----------|-------------|-----------|-----------|
|    |          |          |             |           |           |
|    |          |          |             |           |           |
|    |          |          |             |           |           |
|    |          |          |             |           |           |
|    |          |          |             |           |           |

## 2.12 Clár ama an mhúinteora Gaeilge. [Téacsleabhar, lch 41.]

| Am | Dé Luain | Dé Máirt | Dé Céadaoin | Déardaoin | Dé hAoine |
|---|---|---|---|---|---|
| 9:00 | | | | | |
| 10:30 | | | | | |
| 10:45 | | | | | |
| 11:15 | | | | | |
| 12:00 | | | | | |
| 12:45 | | | | | |
| 1:45 | | | | | |
| 2:30 | | | | | |
| 3:15 | | | | | |

## 2.13 Éist leis an téip agus bailigh an t-eolas. [Téacsleabhar, lch 48.]

MÍR 8

Conas a tháinig Seán abhaile? *sa charr*

Cad a rinne Seán am lóin? *cluiche peile*

Cén leabhar a d'fhág Seán sa bhaile? *Fraincis*

Cad eile a d'fhág sé sa bhaile? *obair bhaile
dialann*

Cad a d'fhág sé ar scoil inniu? *obair bhaile sensible*

Cé a ghlaoigh ar Mhamaí inniu? *príomhoide lazy*

An maith le Seán an Fhraincis? *Ní maith  scattered*

Cad a dhéanfaidh Seán ar dtús?

—rachaidh sé ag traenáil ☐

—íosfaidh sé an dinnéar ☐

*le Tomás Ó Sé*

—déanfaidh sé a obair bhaile ☐

—glaofaidh sé ar Dhónall ☑

An bhfuil Mamaí sásta le Seán? *Níl*

Cén sórt duine é Seán?

—ciallmhar ☐

—leisciúil ☐

—scaipithe ☑

—spórtúil ☐

—dána ☐

—peata an mhúinteora ☐

24

**2.14 Fíor nó bréagach? Cuir tic ( ✓ ) sa bhosca cuí. [Téacsleabhar, lch 53.]**

|  | Fíor | Bréagach |
|---|---|---|
| An Mháirt a bhí ann. | ☐ | ☐ |
| Bhí Peig ag dul ar Aifreann. | ☐ | ☐ |
| Chuaigh Cáit ar scoil in éineacht léi. | ☐ | ☐ |
| Nigh Mamaí lámha Pheig. | ☐ | ☐ |
| Bhí máthair Pheig sa leaba. | ☐ | ☐ |
| Bhí Peig sásta ag dul ar scoil. | ☐ | ☐ |
| Ní raibh aon duine i gclós na scoile nuair a shroich siad an scoil. | ☐ | ☐ |
| Bhí balla timpeall na scoile. | ☐ | ☐ |
| Bhí na páistí ciúin nuair a tháinig an máistir. | ☐ | ☐ |
| D'oscail na páistí doras na scoile. | ☐ | ☐ |
| Bhí eagla agus ionadh ar Pheig nuair a chuaigh sí isteach. | ☐ | ☐ |
| Bhí Peig glórach nuair a shuigh sí síos ar an mbinse. | ☐ | ☐ |

## ■ Cleachtaí Dul Siar

**2.15 Cuir tic ( ✓ ) sa bhosca ceart.**

Tá na daltaí seo

sa bhunscoil ☐

sa mheánscoil ☐

Téann siad ar scoil

ar bhus na scoile ☐

ag siúl ☐

Tá ☐ níl ☐ éide scoile orthu

Tá an scoil mór ☐ beag ☐

Tá an scoil seo sa bhaile mór ☐

faoin tuath ☐

**2.16 Cuir tic ( ✓ ) sa bhosca ceart.**

Tá na daltaí seo sa mheánscoil ☐ sa bhunscoil ☐

Tá sos ag na daltaí anois ☐

Tá siad ag imirt cluichí sa chlós ☐

Tá an lá fliuch ☐ go breá ☐

Tá ☐ níl ☐ múinteoir sa chlós ☐

Tá ☐ níl ☐ éide scoile ar na daltaí

Tagann na daltaí ar scoil ag siúl ☐ ar an mbus ☐

**2.17 Cuir lipéad agus dath leis na héadaí a chaitheann tú ar scoil.**

| | |
|---|---|
| geansaí | bán |
| bróga | dubh |
| léine | donn |
| blús | corcra |
| cairdeagan | dúghorm |
| carbhat | liath |
| bríste | uaine |
| stocaí | dearg |
| cóta | bándearg |
| mála scoile | bánghorm |
| sciorta | |

**2.18 Féach an graf thíos. Scríobh amach an t-eolas.**

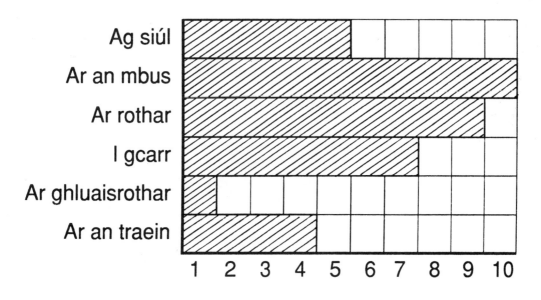

Tagann _____ ar scoil ag siúl.
Tagann _____ ar scoil ar an mbus.
Tagann _____ ar scoil ar rothar.
Tagann _____ ar scoil i gcarr.
Tagann _____ ar scoil ar ghluaisrothar.
Tagann _____ ar scoil ar an traein.

**2.19 Cuir lipéad ar na seomraí seo.**

seomra líníochta 7.
leabharlann 4
seomra cócaireachta 9
seomra ríomhaireachta 1
oifig an phríomhoide 5

seomra adhmadóireachta 6
seomra tíreolaíochta 2
oifig an rúnaí 8
saotharlann ceimice 3

**2.20 Freagair na ceisteanna.**

(a) Cad tá in aice leis an leabharlann?
(b) Cá bhfuil seomra na múinteoirí?
(c) Cad tá in aice le seomra ranga 1?
(d) Cad tá ag bun an phasáiste?
(e) Cá bhfuil seomra na múinteoirí?
(f) Cad tá idir an seomra líníochta agus seomra ranga 1?
(g) Cad é an chéad seomra ar clé?
(h) Cad é an dara seomra ar deis?

(i) Is é an _____
_____ an tríú seomra ar deis.
(j) Cad tá trasna an phasáiste ón seomra líníochta?
(k) Cad tá trasna an phasáiste ón seomra tíreolaíochta?
(l) Cad tá trasna an phasáiste ón leabharlann?

| An Leabharlann | Oifig an phríomh-oide | Seomra na múinteoirí | Seomra staidéir |
|---|---|---|---|
| → | | | |
| Seomra ranga 1 | Seomra ranga 2 | Seomra líníochta | Seomra tíreolaíochta | |

**2.21 Freagair na ceisteanna.**

> *27 Bóthar na Trá*
> *An Dún Mór*
> *26 Deireadh Fómhair 1992*
>
> *A mhúinteoir,*
> *     Ní bheidh Nóirín ar scoil amárach mar beidh sí ag dul go dtí an fiaclóir ar maidin agus tá uirthi dul go Corcaigh.*
>
> *Is mise le meas,*
> *Mairéad Uí Riain*

Cé a scríobh an nóta seo?
Cad is ainm don pháiste?
Cá bhfuil sí ag dul?
Cá bhfuil an fiaclóir ina chónaí?
Cá bhfuil Nóirín ina cónaí?

**2.22 Freagair na ceisteanna.**

> *14 An tSráid Ard*
> *An Nás*
> *27 Deireadh Fómhair 1992*
>
> *A mhúinteoir,*
> *     Ní féidir le Siobhán dul ag snámh inniu mar tá slaghdán trom uirthi.*
>
> *Is mise le meas,*
> *Tomás Ó Sé*

Cé a scríobh an nóta seo?
Cad tá ar Shiobhán?
Cén spórt atá ag a rang inniu?
Cén seoladh atá ag an gclann?

**2.23 Faigh an focal corr.**

peil, stair, Béarla, matamaitic

mála scoile, cóta, bróga peile, scuab

bricfeasta, dinnéar, lón, suipéar

úll, oráiste, banana, leite

bus, traein, rothar, eitleán, carr

múinteoir, rúnaí, príomhoide, taoiseach, daltaí

peil, cispheil, leadóg, iománaíocht, galf

bosca bruscair, clár dubh, cailc, léarscáil, leaba, glantóir

**2.24 Tarraing seomra scoile i do chóipleabhar, agus freagair na ceisteanna.**

Cuir naoi mbinse isteach ann agus beirt ina suí i ngach binse.

Cuir bord an mhúinteora ag barr an tseomra.

Cuir rolla ar an mbord.

Cuir bosca cailce ar an mbord.

Cuir clár dubh ag barr an tseomra i lár.

Cuir dhá fhuinneog ar thaobh clé an tseomra.

Cuir doras ag barr an tseomra ar deis.

Cuir bosca bruscair sa chúinne clé ag bun an tseomra.

Cuir bláthchuach ar an bhfuinneog.

Cuir dhá théitheoir faoi na fuinneoga.

Cuir léarscáil ar an mballa.

Cé mhéad dalta sa seomra?

Cé mhéad binse?

Cá bhfuil na fuinneoga?

Cá bhfuil an bosca bruscair?

Cad tá ar an mbord?

Cad tá ar an mballa?

Cá bhfuil na téitheoirí?

## 2.25 Déan an crosfhocal.

### Trasna
1. Cuirtear seanpháipéar ann.
2. Scríobhann an múinteoir leis seo.
3. Itear é i lár an lae.
4. Osclaítear é chun aer úr a fháil.
5. Scríobhann an múinteoir air seo.

### Síos
1. Suíonn an múinteoir in aice leis seo.
2. Lastar é.
3. Suíonn na daltaí orthu seo.
4. Domhan beag é.
5. Glanann an dalta botún leis.
6. Scríobhann dalta leis seo.

## 2.26 Freagair na ceisteanna.

> **SCOIL NAOMH ÉANNA**
> **Lá oscailte do na tuismitheoirí**
> ar an Aoine 6 Aibreán
> 1:30–4:00 i.n.
> **Taispeántais éagsúla d'obair na ndaltaí**
> Comórtais agus duaiseanna
> Ealaín, cócaireacht, póstaeir, cniotáil
> Damhsa, cispheil agus lúthchleasa sa halla spóirt.
> Ceolchoirm ón chéad bhliain, 2:30–3:30 i.n. i halla na scoile.
> Tae, caife agus cácaí milse ar fáil ó 2:00 i.n.
> *Fáilte roimh chách.*

Cén scoil í seo?
Cad a bheidh ar siúl? Cén t-am? Cén lá?
Cad a bheidh ar siúl sa halla spóirt?

Cá mbeidh an cheolchoirm?
An mbeidh aon rud le n-ithe ann?
Cad a bheidh le feiceáil?

## 2.27 Freagair na ceisteanna.

**LÁ SPÓIRT NA SCOILE**
Domhnach 26 Aibreán
2:00–6:00 i.n.
Maratan cispheile ag tosú 2:00 go dtí 6:00, Bliain 1
2:00 Cluiche iománaíochta, Bliain 5 v. Bliain 6
3:30 Cluiche eitpheile, Múinteoirí v. Bliain 3
3:30 Rás constaice, Bliain 2
4:00 Rás paca, Múinteoirí
5:00 Lúthchleasa, club na scoile
6:00 Tae ar fáil sa seomra cócaireachta
*8:30–11:00 Dioscó i halla na scoile—os cionn 14*

Cén lá a bheidh an lá spóirt acu? Cén t-am?
Cad a bheidh ann san oíche?
Cé a bheidh sa rás paca?
Cad a bheidh ar fáil ar 5:00 i.n.?
Cá mbeidh an dioscó?

**2.28 Cuir na fógraí seo sna háiteanna cearta.**

| | | |
|---|---|---|
| Ciúnas | Seomraí gléasta | Siopa na scoile |
| Ná caitear tobac | Uait | Oifig an phríomhoide |
| Bruscar | Seomra na gcótaí | *towards you* Chugat |
| Leithreas | Liathróidí | |

Ciúnas

Ná caitear tobac

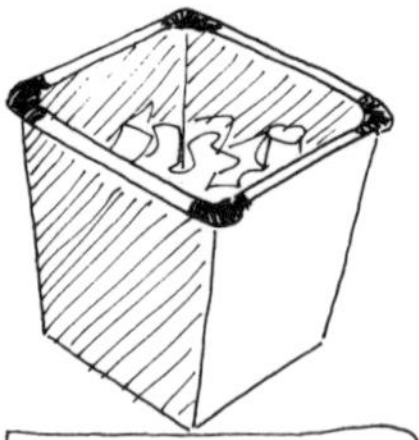

Bruscar

Oifg an phrí.

Leithreas

Liathroidí

Seomra na gcó

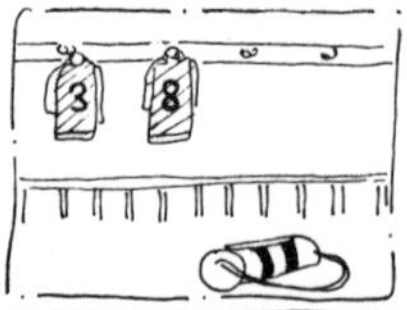

Seomraí gléasta

Chugat

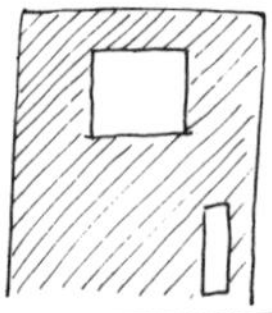

Uait

Siopa na sc.

## 2.29 Scrúdú litrithe: Scríobh an focal ceart le gach rud thíos.

cailc

cruinneog

glantóir

bosca bruscair

binse an mhúinteorg

éide scoile

bhus an scoile

múinteoir

clár dubh

réiteoir

fuinneog

mála scoile

scóil clós

léarscáil

35

# AONAD 3
# SPÓRT
———◆———

## ■ Cleachtaí Bunaithe ar an Téacs

**3.1 Cuir na spóirt sna boscaí cearta. [Téacsleabhar, lch 56.]**

| Imríonn foireann iad seo | Imrítear amuigh iad | Imrítear iad sa samhradh | Imrítear sa gheimhreadh iad | Imrítear istigh iad seo |
|---|---|---|---|---|
| | | | | |

**3.2 Cad iad na foirne eile atá sa scoil? [Téacsleabhar, lch 56.]**

Foireann sacair ☐    Foireann haca ☐

Foireann cispheile ☐    Foireann rugbaí ☐

Foireann peile ☐    Foireann camógaíochta ☐

Foireann eitpheile ☐    Foireann iománaíochta ☐

Foireann fichille ☐

## 3.3 Ionaid imeartha. [Téacsleabhar, lch 56.]

1. _____
cúl báire

2. _____  3. _____  4. _____
lánchúlaí deas           lánchúlaí láir           lánchúlaí clé

5. _____  6. _____  7. _____
leathchúlaí deas         leathchúlaí láir         leathchúlaí clé

8. _____  9. _____
lárpháirce deas          lárpháirce clé

10. _____ 11. _____ 12. _____
leath-thosaí deas        leath-thosaí láir        leath-thosaí clé

13. _____ 14. _____ 15. _____
lántosaí deas            lántosaí láir            lántosaí clé

Na hionadaithe:

## 3.4 Cuir na hainmneacha sna hionaid imeartha. [Téacsleabhar, lch 56.]
Éist leis an múinteoir. Ansin líon na bearnaí thíos.

1. Is é _____ an cúl báire.
2. Is é _____ an _____.
3.
4.
5.
6.
7.
8. Tá _____ ag imirt i lár na páirce.
9. Tá _____ ag imirt i lár na páirce.
10.
11.
12.
13.
14.
15.
Is iad _____ agus _____ agus
_____ na hionadaithe.
*Cá bhfuil tusa ar an bhfoireann?* Is mise an _____.
Tá uimhir _____ ar mo gheansaí.

**3.5 Fíor nó bréagach? Cuir tic ( ✓ ) sa bhosca ceart. [Téacsleabhar, lch 60.]**

|  | Fíor | Bréagach |
|---|---|---|
| 1. Is reathaí é Stephen Roche. |  | ✓ |
| 2. Rugadh in Éirinn é. | ✓ |  |
| 3. Tá sé pósta le Linda. |  | ✓ |
| 4. Tá ceathrar páiste acu. |  | ✓ |
| 5. Tá sé ina chónaí i bPáras. | ✓ |  |
| 6. Bíonn sé ag rothaíocht i Meiriceá. |  | ✓ |
| 7. Bhuaigh sé Craobh an Domhain. | ✓ |  |
| 8. Níor bhuaigh sé an Tour de France. |  | ✓ |

*Scríobh an leagan ceart de na habairtí atá bréagach.*

**3.6 Fíor nó bréagach? Cuir tic ( ✓ ) sa bhosca ceart. [Téacsleabhar, lch 60.]**

|  | Fíor | Bréagach |
|---|---|---|
| 1. Is Francach é Seán Kelly. |  | ✓ |
| 2. Rugadh é i gCo. Phort Láirge. |  | ✓ |
| 3. Bhí feirm ag a athair. | ✓ |  |
| 4. Ghlac sé páirt i gclub rothaíochta, na Carrick Wheelers. | ✓ |  |
| 5. Chuaigh sé go Sasana i 1976. |  | ✓ |
| 6. Bhuaigh sé an Tour de France i 1982. |  | ✓ |
| 7. Bhí sé sa tríú háit i gCraobh an Domhain i 1982. | ✓ |  |
| 8. Ba mhaith leis an Tour de France a bhuachan. | ✓ |  |

*Scríobh an leagan ceart de na habairtí atá bréagach.*

**3.7 Déan an crosfhocal. [Téacsleabhar, lch 60.]**

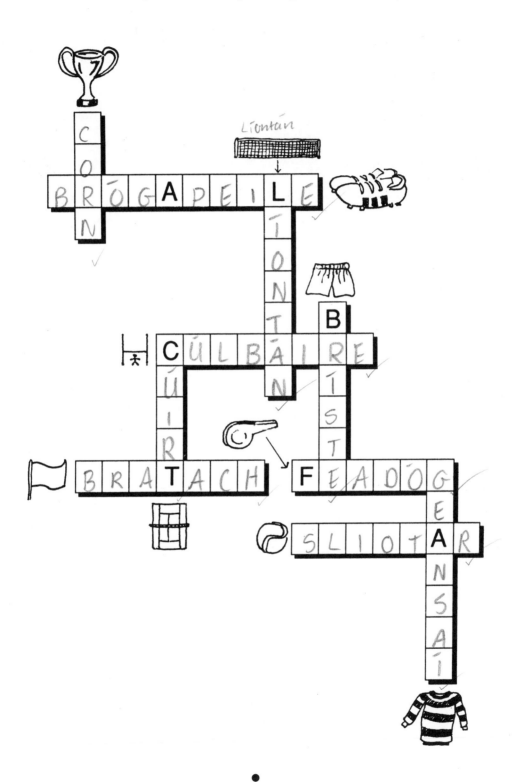

Líontán

**CORN**

**BRÓGA** PEILE

**CÚLBÁIRE**

**CÚIR**

**B**RÍSTE

**BRATACH** **FEADÓG**

**SLIOTAR**

**GEANSAÍ**

### 3.8 Áiseanna spóirt. [Téacsleabhar, lch 61.]

Cuir tic ( ✓ ) leis na háiseanna spóirt atá agat—

|  | *sa scoil* | *sa bhaile mór* |
|---|---|---|
| Linn snámha |  |  |
| Páirc peile |  |  |
| Raon reatha |  |  |
| Cúirt leadóige—cúirt chrua |  |  |
| Cúirt leadóige—cúirt faoi dhíon |  |  |
| Cúirt cispheile |  |  |
| Cúirt eitpheile |  |  |
| Cúirt badmantain |  |  |
| Cúirt scuaise |  |  |
| Halla spóirt |  |  |
| Halla gleacaíochta |  |  |
| Seomra meáchan |  |  |
| Seomraí gléasta |  |  |
| Cithfholcthaí |  |  |
| Machaire gailf |  |  |

**3.9 Cuir an fearas spóirt agus an cluiche ceart le chéile. [Téacsleabhar, lch 61.]**

| Fearas spóirt | Cén cluiche? |
|---|---|
| Raicéid | |
| Ciseáin | |
| Slacáin | |
| Camáin | |
| Maidí haca | |
| Liathróidí peile | |
| Liathróidí cispheile | |
| Liathróidí eitpheile | |
| Sliotair | |
| Líontáin | |
| Lámhainní | |

**3.10 Éist leis an téip agus líon isteach an t-eolas thíos. [Téacsleabhar, lch 61.]**

MÍR 1

| | Ainm | Cluiche | Feisteas | Fearas | Áit |
|---|---|---|---|---|---|
| 1 | Tomas | snámh | culaith snámha caipín | | linn snámha |
| 2 | Nora | leadóg | raic-léine bróga lea... | raicéad liathróid | cúirt leadóige |
| 3 | Cáit | gailf | bróga g... | maide liathróid | gclub gailf |
| 4 | Larry | peil | liat gean br br | liathróid peile | páirc peile |
| 5 | Bríd | rith | bróga culaith reatha | | rian reatha |
| 6 | Peggy | | culaith reath | | seomra meáchain |
| 7 | Nollaig | scuaise | briste t-léine geansaí | raicéad liathróid | cúirt scim-e |
| 8 | Nicky | camogaíocht | culaith bróga reatha | clogad camán | |

41

**3.11 Dathaigh an léarscáil le dathanna na gcontaetha. [Téacsleabhar, lch 62.]**

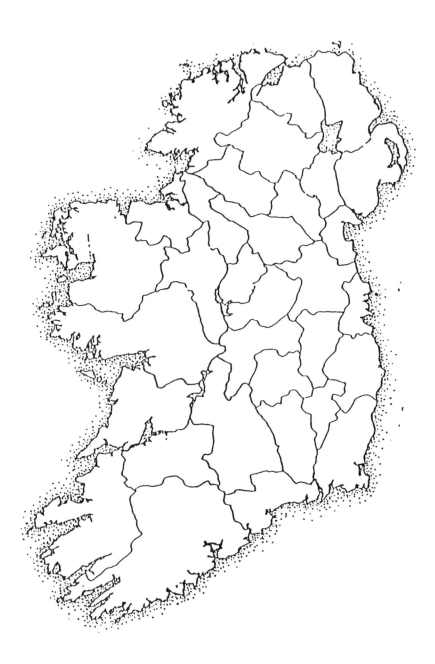

**3.12 Éist leis an téip agus déan an fógra. [Téacsleabhar, lch 63.]**

📼 **MÍR 2**

**Cluiche** *cispheil*
Lá: 3 , Aoine
Áit: Halla spóirt
Foirne: 5 + 6 bliain
Ag tosú: naoin a chlog
Bí ann gan teip!

**3.13 Obair ghrúpa: Cad a imríonn tú? [Téacsleabhar, lch 64.]**

|   | Ainm agus sloinne | Peil | Leadóg | Iomáin | Snámh | Sacar | Cispheil |
|---|---|---|---|---|---|---|---|
| 1 |   |   |   |   |   |   |   |
| 2 |   |   |   |   |   |   |   |
| 3 |   |   |   |   |   |   |   |
| 4 |   |   |   |   |   |   |   |
| 5 |   |   |   |   |   |   |   |

**3.14 Éist leis an téip agus faigh an t-eolas. [Téacsleabhar, lch 64.]**

📼 **MÍR 3**

*Pádraig*

Aois: 12
Rang: chéad bhliain    sacar, liathróid láimhe
Cluichí sa scoil: cispheil, eitpheil, peil, iománaíocht,
Cluiche is fearr leis: peil
Tosaíonn na comórtais i mí na
Máirt .
Feisteas an chlub: geansaí glas, stocaí dubh
bríste dubh
Cén fáth nach n-imríonn sé le foireann na
scoile? ró -óg

📼 **MÍR 4**

*Máire*

Aois: —
Cluiche: cispheil
Foireánn: na scoile .
Uimhir Mháire ar an bhfoireann: 4 .
Cá bhfuil an chúirt cispheile acu? ar scoil (sa halla
Tá 10 ar an bhfoireann.
Traenáil: 2 uair sa tseachtain.
Bhuaigh siad rannóg C de Craobh
an gContae .

●
43

in aghaidh i gcoinne

### 3.15 Éist leis an téip agus bailigh an t-eolas. [Téacsleabhar, lch 69.]

📼 **MÍR 5**

An Mhí v. Baile Átha Cliath .
Áit: Pairc i gCrocaigh
Dáta: ___ú lá de Mheitheamh.
Ticéid ar fáil ar an seacht ú lá. déag
Osclóidh an oifig ar a naoi a chlog.
Ní bheidh ticéid ar fáil ag an ngeata lá an chluiche.

### 3.16 Líon na bearnaí. [Téacsleabhar, lch 72.]

1. Is _____ leadóige é Boris Becker.
2. Tá sé ina chónaí i _____ _____, ach is _____ é.
3. Bhí sé _____ mbliana déag d'aois nuair a bhuaigh sé Wimbledon.
4. Níl sé _____.
5. Téann sé go dtí an A_____, go M_____ agus go dtí an
   tS_____ ag imirt.
6. Téann a _____ in éineacht leis nuair a bhíonn sé ag imirt.

### 3.17 Éist leis an téip agus bailigh an t-eolas. [Téacsleabhar, lch 73.]

📼 **MÍR 6**

Cé a bhí sa bhaile?
Cá bhfuil Ciara? Tá sí ag rothaíocht ☐ ag rith ☐ ag snámh ☐

---

Teachtaireacht do Chiara

Tá cluiche _____ i gclub na n-óg amárach ar a _____ a
chlog. Bí sa halla ar a _____ a chlog.

Lára

---

**3.18 Fíor nó bréagach? Cuir tic ( ✓ ) sa bhosca cuí. [Téacsleabhar, lch 75.]**

|  | *Fíor* | *Bréagach* |
|---|---|---|
| Chuaigh foireann na hÉireann go dtí an Astráil | ☐ | ☐ |
| Bhí Corn an Domhain ar siúl i mí na Bealtaine | ☐ | ☐ |
| Uaine, bán agus dearg dathanna bhratach na hÉireann | ☐ | ☐ |
| Bhí Jack Charlton ag imirt ar son na hÉireann | ☐ | ☐ |
| Tá Áine Ní Mhuirí ina cónaí i bPalermo | ☐ | ☐ |
| D'imigh na turasóirí ó Aerfort Bhaile Átha Cliath | ☐ | ☐ |
| Bhí sé ag cur báistí go trom san Iodáil | ☐ | ☐ |
| Bhí an áit an-te nuair a thuirling siad | ☐ | ☐ |
| Bhí an bus ón aerfort an-saor ar fad | ☐ | ☐ |
| Bhí a lán Éireannach san Iodáil | ☐ | ☐ |
| Bhí uisce na háite go hálainn | ☐ | ☐ |
| Bhí an chéad chluiche ar siúl i bPalermo | ☐ | ☐ |
| Fuair Kevin Sheedy an chéad chúl sa chluiche | ☐ | ☐ |
| Ba é an scór i gcoinne na hÉigipte ná 1 in aghaidh 1 | ☐ | ☐ |
| D'imir foireann na hÉireann i gcoinne na hÍsiltíre sa chluiche deireanach | ☐ | ☐ |
| Ní raibh Áine róshásta lena laethanta saoire san Iodáil | ☐ | ☐ |

## ■ Cleachtaí Dul Siar ⚘

**3.19 Cuir an fearas agus an spórt le chéile.**

raicéad            iománaíocht

clogad             galf

líontán            eitpheil

maide             leadóg

camán            camógaíocht

**3.20 Cuir lipéad leis an spórt.**

dornálaíocht, rothaíocht, sacar, eitpheil, camógaíocht, iománaíocht, rugbaí, snámh, haca, cispheil, galf, snúcar, leadóg.

### 3.21 Cuir na focail sna boscaí cearta.

| Snámh | Leadóg | Cispheil |
|---|---|---|
|  |  |  |
| culaith snámha | cúirt leadóige | bróga cispheile |
| caipín snámha | sciorta leadóige | cúirt cispheile |
| uisce | liathróid leadóige | réiteoir |
| bríste snámha | banda gruaige | sciorta cispheile |
| tuáille | bandaí láimhe | foireann |
| seomraí gléasta | beirt | liathróid cispheile |
| fear tarrthála | T-léine | |

Cúirt leadóige, culaith snámha, T-léine, bróga cispheile, sciorta leadóige, caipín snámha, cúirt cispheile, réiteoir, liathróid leadóige, uisce, sciorta cispheile, banda gruaige, bandaí láimhe, fear tarrthála, bríste snámha, faoin aer, beirt, foireann, tuáille, stocaí bána, liathróid cispheile, seomraí gléasta.

### 3.22 Fógra ó Raidió na Gaeltachta.

Ní bheidh an cluiche peile idir na Piarsaigh agus Cumann Naomh Éanna ar siúl inniu ar a trí a chlog i bPáirc an Ághasaigh, toisc go bhfuil an pháirc imeartha faoi uisce tar éis báisteach na hoíche aréir. Socrófar dáta eile don chluiche sin anois. Tá a lán cluichí curtha ar ceal timpeall na tíre tar éis na drochaimsire.

Cá raibh an cluiche le bheith ar siúl?

Cé a bhí le bheith ag imirt?

Cén t-am a bhí an cluiche le tosú?

Cén fáth ar cuireadh ar ceal é?

Conas a bhí an aimsir timpeall na tíre?

**3.23 Fógra eile.**

Beidh comórtas snúcair ar siúl i dteach tábhairne an Chrosaire ar an Satharn ar an 22ú lá den mhí seo. Tosóidh an comórtas ar 11:00 r.n. agus beidh fáilte roimh chách. Tá duaiseanna maithe ann agus beidh an-lá spóirt ann cinnte.

Cén comórtas a bheidh ar siúl?
Cén áit?
Cathain a thosóidh sé?

**3.24 Scríobh scór na gcluichí seo i bhfocail.**

Corcaigh 3:2

An Mhí 4:5

Bhí an bua ag _____

Ciarraí 2:4

An Dún 3:7

Bhí an bua ag _____

Baile Átha Cliath 1:9

Cill Dara 2:4

Bhí an bua ag _____

Corcaigh 2:9

Gaillimh 1:11

Bhí an bua ag _____

Maigh Eo 2:6

Luimneach 1:12

Bhí an bua ag _____

Port Láirge 4:3

Ros Comáin 2:8

Bhí an bua ag: _____

**3.25 Cuir lipéid leis na pictiúir.**

Uachtarán na hÉireann, captaein na foirne, an corn, Mícheál Ó Muircheartaigh, na foirne, Páirc an Chrócaigh, Ardán Uí Ógáin, an lucht féachana, an réiteoir.

**3.26 Cluiche iománaíochta.**

**A**

| Gaillimh | 2:4 |
| Tiobraid Árann | 1:6 |

**B**

| Gaillimh | 2:5 |
| Tiobraid Árann | 1:6 |

**C**

| Gaillimh | 0:2 |
| Tiobraid Árann | 0:4 |

**D**

| Gaillimh | 1:2 |
| Tiobraid Árann | 0:4 |

**E**

| Gaillimh | 0:1 |
| Tiobraid Árann | 0:0 |

**F**

| Gaillimh | 2:2 |
| Tiobraid Árann | 1:5 |

Cuir na pictiúir in ord.  Cé a bhuaigh an cluiche?
Cé a fuair an chéad scór?  Cé a fuair an chéad chúl?

**3.27 Cluichí is maith le rang na scoile.**

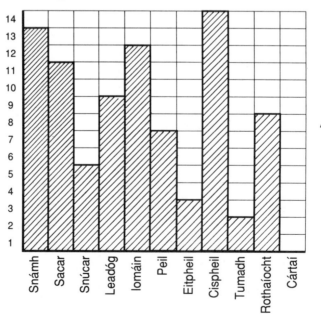

Scríobh amach an t-eolas ón ngraf:
*Is maith le _____ sa rang snámh.*
*Is maith le _____ sa rang …*

### 3.28 Cúrsaí spóirt ar Raidió na Gaeltachta.

'Gortaíodh Gearóid Ó Sé go dona inniu nuair a fuair sé buille de chamán sa chois le linn cluiche iomána idir chlubanna i Staid an Ghearaltaigh. Tugadh san otharcharr é go dtí an tOspidéal Réigiúnach, áit ar cuireadh cóir leighis air. Bhí slua mór i láthair ag an gcluiche tráthnóna, ach bhí na foirne cothrom ag deireadh an chluiche. Níl aon dáta socraithe fós don athimirt.'

Cén cluiche a bhí á imirt?

Fuair Gearóid buille sa cheann ☐    sa ghlúin ☐    sa chois ☐

Chuaigh sé go dtí an séipéal ☐   an scoil ☐   an t-ospidéal ☐

Cén t-am a bhí an cluiche ar siúl? Ar maidin ☐   sa tráthnóna ☐   ag meán lae ☐

### 3.29 Cluiche idirnáisiúnta.

Cén cluiche atá ar siúl?
Cé atá ag imirt?
Conas atá an aimsir?
Cén scór atá ag na foirne?

**3.30 An linn snámha.**

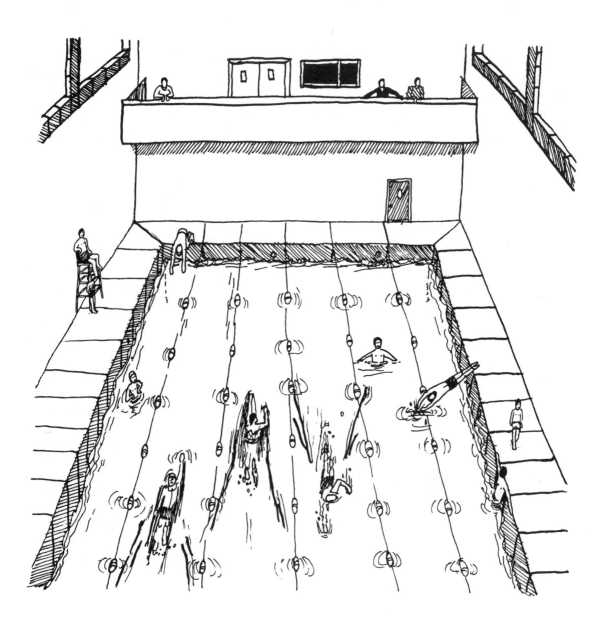

Cá bhfuil na daoine seo?
Cé mhéad duine atá ag snámh?
Cé mhéad duine atá ag siúl?
Cé mhéad fear tarrthála ann?
Cé mhéad duine san uisce?

**3.31 Ag imirt leadóige.**

Cá bhfuil na daoine seo?
Cén cluiche atá á imirt acu?
Cad tá ina lámha acu?
Cén éadaí atá orthu?
Cé mhéad duine ag imirt?

Cé mhéad duine ag fanacht?
Cé mhéad bord?
Cad tá ar na boird?
Conas atá an aimsir?
Cén séasúr atá ann?

## 3.32 Líon an fhoirm seo.

### Club na nÓg

Foirm iarratais

Ainm agus sloinne: ......................................

Aois: ......................................

Uimhir theileafóin: ......................................

Scoil: ......................................

Rang: ......................................

Cluichí is maith leat: ......................................

Síniú: ......................................

Dáta: ......................................

## 3.33 Fógraí i gClub na nÓg.

**Caillte:**
Bróga leadóige toise 5 ar an Aoine 12 Aibreán
—bán le stríoca gorma.
Gach eolas go dtí Áine Uí Shé.
Uimhir theileafóin: 379261.

Cad tá caillte?
Cé a chaill iad?
Cén sórt iad?
Cathain a chaill sí iad?

Teenager
AG TEASTÁIL
Déagóir—buachaill nó cailín—chun cabhrú
le foireann cispheile faoi 12.
Traenáil gach Satharn 1:00–2:00 i.n.
Gach eolas ó 376261

Cé atá ag teastáil?
Cén aois an fhoireann?
Cén cluiche a imríonn siad?
Cathain a bhíonn traenáil
acu?

COMÓRTAS LEADÓIGE BOIRD
i gClub na nÓg ar an Satharn 12 Samhain,
ag tosú 11:00 r.n.
Fáilte roimh chách

Cén comórtas é seo?
Cá mbeidh sé ar siúl?
Cén t-am? Cén lá?

# AONAD 4
# OÍCHE SHAMHNA

## ■ Cleachtaí Bunaithe ar an Téacs

**4.1 Éist leis an téip agus bailigh an t-eolas ó na fógraí. [Téacsleabhar, lch 81.]**

### ▭ MÍR 1

Cad a osclóidh Jack O'Shea?

Cén áit? An Nás ☐ Biorra ☐ Cill Airne ☐

Am:

Lá:

An oíche sin beidh dioscó ☐ dráma ☐ ceolchoirm ☐

ag tosú ar a _____ a chlog.

Ticéid: daoine fásta ____, leanaí ____.

### ▭ MÍR 2

(a) Tá post deireadh seachtaine ar fáil in Óstán na Páirce do bhuachaill ☐

chailín ☐

Aois: faoi ocht mbliana déag ☐ os cionn ocht mbliana déag ☐

os cionn sé mbliana déag ☐

oíche ____ _____ ag tosú ar a _____ a chlog.

(b) Post do chailín ☐ bhuachaill ☐ sa chistin ☐ sa siopa ☐

ag tabhairt aire do leanaí ☐

Lá:

Am: óna _____ a chlog go dtí _____ _____.

Uimhir theileafóin:

(c) Post do chailín agus bhuachaill ☐ do chailín nó bhuachaill ☐

Am: ón _____ go dtí an _____.

Áit: ollmhargadh ☐ siopa éadaí ☐ feirm ☐

Uimhir theileafóin:

**4.2 Éist leis an téip agus líon na bearnaí. [Téacsleabhar, lch 86.]**

🔲 **MÍR 4**

Fógra do Chlub na nÓg, _____ Shamhna.
Do dhéagóirí idir ceithre bliana déag agus ____ _____ _____.
Tráth na gceist ag tosú ar _____ i.n.
_____ ag gach bord.
Cead isteach _____.
Duaiseanna: ____, £10, __.
Beidh _____ ina dhiaidh go dtí a _____ _____ a chlog.


## ■ Cleachtaí Dul Siar


**4.3 Cuir lipéid ar na pictiúir seo.**

## 4.4 Cuir abairt le gach pictiúr.

Chuir na páistí maisc orthu.

D'imir na páistí cluiche púicín.

Bhí píosa airgid istigh i mbáisín uisce.

Rinne na déagóirí tine chnámh sa pháirc.

Chroch Daidí úll ón tsíleáil.

Chuaigh na páistí ó dhoras go doras ag bailiú úll agus cnónna.

## 4.5 Líon na bearnaí.

(a) Bíonn úll _____ _____ ón tsíleáil.

(b) Bíonn ort _____ a bhaint as le do bhéal.

(c) Caitheann na daoine óga _____.

(d) Téann siad ó dhoras go doras ag lorg _____ agus _____.

(e) Bíonn _____ agus _____ orthu, agus ní aithníonn éinne iad.

(f) Bíonn _____, _____ agus _____ _____ le n-ithe Oíche Shamhna.

(g) Déanann na déagóirí _____ _____.

(h) Bíonn ort an t-airgead a thógaint as an _____ le do bhéal.

**4.6 Freagair na ceisteanna.**

Cén oíche atá ann?
Cén seomra é seo?
Cén t-am é?
Cé atá sa seomra?

Cad tá ar an mbord?
Cén sórt éadaí atá ar na páistí?
Cad a íosfaidh siad?

**4.7 Faigh an focal corr.**
úlla, torthaí, cnónna, iasc
masc, aintín, púicín, báisín uisce
pónaire, hata, ceirt, fáinne
bairín breac, úlla, fáinne, cnónna
seanéadaí, masc, bó, cnónna, úlla

**4.8 Déan clár ama d'Oíche Shamhna.**
Tosaigh mar seo:
2:00     Rachaidh Mamaí ag siopadóireacht. Ceannóidh sí …
3:00
4:00
5:00
6:00
7:00
8:00
9:00

**4.9 Bhí seachtain shaor agat aimsir na Samhna. Scríobh dialann do gach lá, agus abair cad a rinne tú.**

**4.10 Fógra: Biongó na Samhna.**

> ### BIONGÓ MÓR NA SAMHNA
> Beidh biongó mór na Samhna ar siúl i Halla an Phobail,
> an Dún Mór, ar an Aoine, Oíche Shamhna,
> ag tosú ar 8:30 i.n.
> Beidh bus ag fágaint Bhaile an Teampaill ar 8:00 i.n.
> Tá £500 sa phota óir, agus a lán duaiseanna eile.
> Bí ann!
> Beidh rince i ndiaidh an bhiongó, agus beidh an bus ag fágaint ar 1:00
> r.n. Beidh tae agus caife ar fáil mar is gnách.

Cá mbeidh an biongó ar siúl?
Cathain?
Conas a thiocfaidh na daoine ann?
Cén duais mhór atá ann?

Cad eile a bheidh ann tar éis an
 bhiongó?
Cathain a rachaidh na daoine abhaile?
Cad a ólann siad sa halla seo?

**4.11 Freagair na ceisteanna.**

Cén cluiche é seo?

Cad tá ina lámha ag na daoine?

Tá áthas ☐ brón ☐ sceitimíní ☐ orthu.

Tá a lán seandaoine ☐ páistí ☐ déagóirí ☐ ann.

Cé mhéad fear atá ann?

**4.12 Freagair na ceisteanna.**

Cá bhfuil na daoine seo?
Cén oíche atá ann? Cén t-am é?
Cé mhéad a bhí ar na ticéid?
Cén sórt éadaí atá ar na daoine?
Cén aois na daoine seo?
Cé mhéad duine atá ag rince?

# — AONAD 5 —
# AN AIMSIR

## ■ Cleachtaí Bunaithe ar an Téacs

**5.1 Éist leis an téip agus bailigh an t-eolas. [Téacsleabhar, lch 92.]**

**MÍR 1**

Cá mbeidh gaoth láidir?       i lár na tíre              ☐

                           ar an gcósta thiar         ☐

                           sa tuaisceart              ☐

Cá mbeidh báisteach?          san oirthear               ☐

                           i lár na tíre              ☐

                           sa deisceart               ☐

Cad a bheidh sa tuaisceart?   grian                      ☐

                           ceo                        ☐

                           báisteach                  ☐

An teocht is ísle anocht:     __ °C

An teocht is airde amárach:   ____ °C

**5.2 Déan cairteacha aimsire don tseachtain. [Téacsleabhar, lch 94.]**

|      | Cairt 1 | Cairt 2 |
|------|---------|---------|
| 9ú   |         |         |
| 10ú  |         |         |
| 11ú  |         |         |
| 12ú  |         |         |
| 13ú  |         |         |

**5.3 Líon na bearnaí. [Téacsleabhar, lch 94.]**

Bhí an aimsir _____ agus leagadh crainn.

Bhí na bóithre _____ mar bhí sioc ann.

Bhí an lá _____ agus chuaigh mé ar strae.

Bhí an aimsir _____ agus thóg mé scáth fearthainne liom.

Bhí an aimsir _____ agus chaith mé mo chóta mór agus mo scaif.

**5.4 Éist leis an téip agus bailigh an t-eolas. [Téacsleabhar, lch 96.]**

🔲 **MÍR 2**

| An aimsir inniu: | | An ghaoth: | | An aimsir anocht: | |
|---|---|---|---|---|---|
| fliuch | ☐ | láidir | ☐ | tréimhsí gréine | ☐ |
| ceobhránach | ☐ | aniar aduaidh | ☐ | tréimhsí báistí | ☐ |
| te | ☐ | aniar aneas | ☐ | tréimhsí ceobhráin | ☐ |
| grianmhar | ☐ | éadrom | ☐ | | |
| tirim | ☐ | aniar | ☐ | | |
| fionnuar | ☐ | | | | |

An teocht is airde inniu: idir ____ agus ____ °C

Teocht is ísle anocht: idir __ agus ____ °C

**5.5 Cad a dhéanfaidh sibh amárach? [Téacsleabhar, lch 96.]**

|  | *Fíor* | *Bréagach* |
|---|---|---|
| Beidh Daidí ag imirt gailf. | ☐ | ☐ |
| Beidh Seán ag sleamhnú ar an leac oighir. | ☐ | ☐ |
| Beidh ocras ar na héin. | ☐ | ☐ |
| Beidh biongó ar siúl sa halla. | ☐ | ☐ |
| Beidh an baile mór lán de dhaoine. | ☐ | ☐ |
| Beidh rásaí capall ar siúl i nGaillimh. | ☐ | ☐ |
| Ní bheidh rásaí cúnna ar siúl i Luimneach. | ☐ | ☐ |
| Beidh na scoileanna dúnta san iarthar. | ☐ | ☐ |

**5.6 Éist leis an téip agus bailigh an t-eolas. [Téacsleabhar, lch 98.]**

**◻️ MÍR 3**

Scamallach sa tuaisceart ☐ san iarthar ☐
Báisteach ☐ ceo ☐ in áiteanna
Oíche thirim sa tuaisceart ☐ sa deisceart ☐
Teocht idir _____ agus _____ gcéim Celsius

**◻️ MÍR 4**

Gaoth láidir aduaidh ☐ aneas ☐ aniar aneas ☐
Amárach:
Teocht:

**◻️ MÍR 5**

Amárach: lá _____ _____.
Teocht: idir ____ agus ____ °C.
Ar na cóstaí: gaoth láidir ☐ gaoth éadrom ☐

**◻️ MÍR 6**

Anocht: _____ trom.
Teocht: faoi bhun an reophointe, go háirithe i gceantair _____.
Tiománaithe: Bí _____.

**◻️ MÍR 7**

Anocht: _____ san oirthear, glan san _____.
Teocht san oirthear: _____ chéim os cionn an reophointe.
Teocht san iarthar: _____ chéim os cionn an reophointe.

# ■ Cleachtaí Dul Siar

**5.7 Cuir isteach na míonna.**

| | | | |
|---|---|---|---|
| *An t-earrach* | 1: | 2: | 3: |
| *An samhradh* | 4: | 5: | 6: |
| *An fómhar* | 7: | 8: | 9: |
| *An geimhreadh* | 10: | 11: | 12: |

**5.8 Cuir na habairtí cearta leis na pictiúir.**

Mí na Nollag atá ann.
Tá an ghrian ag taitneamh.
Tá sneachta ar an talamh.
Báisteach throm an chuid eile den lá.
Chuaigh na páistí cois trá ar an Satharn.
Séidfidh gála san iarthar anocht.

**5.9 Féach ar an ngraf agus scríobh amach an t-eolas.**

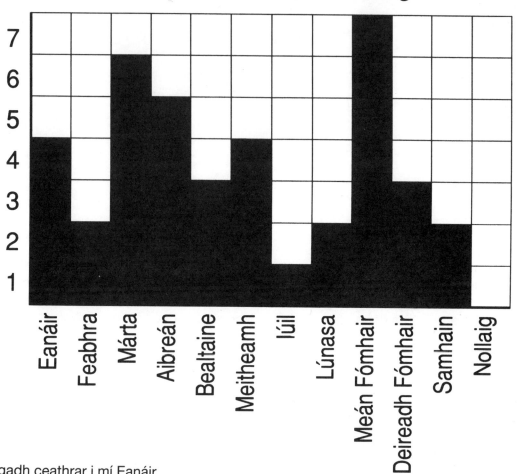

Laethanta breithe an ranga

Rugadh ceathrar i mí Eanáir.
Rugadh … i mí na Samhna

**5.10 Faigh an focal corr.**
lá, mí, seachtain, bliain, sneachta
grian, báisteach, gaoth, bó, sneachta
Bealtaine, Samhain, Meitheamh, Iúil
Márta, Meitheamh, Meán Fómhair, Lúnasa
grian, snámh, trá, teas, Nollaig

**5.11 Léigh réamhaisnéis na haimsire thíos. Cuir isteach na pictiúir ar an léarscáil.**

(a) 'Beidh báisteach san iarthar anocht agus ceo i lár na tíre. Glanfaidh an bháisteach ar maidin, agus leanfaidh tréimshí gréine i ngach áit. Beidh an teocht cúig chéim Celsius anocht agus idir seacht agus deich gcéim amárach sa tuaisceart. Beidh an teocht idir aon chéim déag agus trí chéim déag sa deisceart.'

(b) 'Beidh gaoth láidir ar an gcósta thiar anocht. Beidh sioc i lár na tíre agus sneachta san oirthear. Beidh an teocht dhá chéim faoi bhun an reophointe anocht agus amárach. Leanfaidh an teocht íseal go dtí an deireadh seachtaine.'

●

**5.12 Cuir an chríoch cheart leis na habairtí seo.**

| | |
|---|---|
| Bhí sioc ar an mbóthar | agus chuaigh mé ag snámh. |
| Bhí sneachta ann aréir | agus leagadh crann. |
| Lá breá a bhí ann | agus ní dheachaigh mé ag imirt peile. |
| Bhí an lá an-te | agus bhí an-spórt ag na páistí. |
| Shéid an ghaoth | agus bhí mé ag cur allais. |
| Bhí an lá fliuch | agus bhí sé contúirteach. |

**5.13 Cad a tharlaíonn sa gheimhreadh?**

| | Fíor | Bréagach |
|---|---|---|
| Téann na fáinleoga go dtí an Afraic. | ☐ | ☐ |
| Bíonn an aimsir go deas te. | ☐ | ☐ |
| Titeann sneachta ar an talamh. | ☐ | ☐ |
| Bíonn laethanta saoire fada ag na páistí. | ☐ | ☐ |
| Bíonn na bóithre contúirteach. | ☐ | ☐ |
| Bíonn an ghrian ag taitneamh gach lá. | ☐ | ☐ |
| Téann an t-iora rua a chodladh. | ☐ | ☐ |
| Bíonn uain óga ann sna páirceanna | ☐ | ☐ |
| Bíonn sioc ann san oíche. | ☐ | ☐ |
| Fásann bláthanna daite sa ghairdín. | ☐ | ☐ |
| Téann daoine ag snámh cois farraige. | ☐ | ☐ |
| Téann daoine óga ag imirt leadóige. | ☐ | ☐ |
| Caitheann daoine spéaclaí gréine. | ☐ | ☐ |

*Scríobh amach an leagan fíor de na habairtí bréagacha*

## 5.14 Freagair na ceisteanna.

Cá bhfuil na daoine seo?
Conas atá an aimsir?
Cé mhéad scáth fearthainne ann?
Cén séasúr atá ann?
Céard tá sa spéir?
Cá bhfuil na páistí ag dul?
Cén sórt éadaí atá orthu?

68

**5.15 Cuir lipéid ar na pictiúir seo.**

An ghrian ag taitneamh.
Ag cur sneachta.
An ghaoth ag séideadh.

Fear sneachta.
Ag cur báistí.
Scáth fearthainne.

**5.16 Fógra ar raidió áitiúil.**
'Ní bheidh aon scoil ag daltaí na bunscoile i nDroichead Nua ar an Déardaoin ná ar an Aoine. Tá an scoil dúnta toisc go bhfuil an díon á dheisiú tar éis na stoirme. Beidh an scoil oscailte arís ar an Luan.'

Cén scoil a bheidh dúnta?
Cathain a bheidh sí dúnta? Cén fáth?
Cathain a osclóidh sí arís?

**5.17 Fógra raidió eile.**
'Ní bheidh aon mheánscoil oscailte i mBaile an Droichid an tseachtain seo. Tá na bóithre sleamhain agus an-chontúirteach, agus ní féidir le bus na scoile taisteal. Tá an córas teasa briste i scoil an chlochair, agus tá na píopaí uisce reoite sa ghairmscoil.'

Conas atá na bóithre?
Cathain a bheidh na scoileanna dúnta?
Cad tá cearr i scoil an chlochair?
Cad tá cearr sa ghairmscoil?
Cá bhfuil na scoileanna?

## 5.18 Scríobh an scéal ó na pictiúir.

*Abairtí le húsáid:*
Bhí an bóthar sleamhain.
Sciorr an bus.
Bhí an tiománaí gortaithe.
Tháinig an t-otharcharr.
Bhí ionadh ar an bpríomhoide.

# —— AONAD 6 ——
# AN NOLLAIG

## ■ Cleachtaí Bunaithe ar an Téacs

**6.1 Éist leis an téip. Cuir dátaí leis na rudaí a bheidh ar siúl. [Téacsleabhar, lch 103.]**

🔲 **MÍR 1**

(a) Dáta: _____

(b) Dáta: _____

(c) Dáta: _____

(d) Dáta: _____

(e) Dáta: _____

(f) Dáta: _____

(a)         (b)         (c)         (d)

(e)         (f)

**6.2 Líon isteach an crosfhocal. [Téacsleabhar, lch 105.]**

## 6.3 Líon isteach an crosfhocal. [Téacsleabhar, lch 107.]

**6.4 Éist leis an téip. Cuir tic ( ✓ ) le rudaí ar an liosta siopadóireachta.**
**[Téacsleabhar, lch 110.]**

🖭 **MÍR 2**

**Siopa an bhúistéara:**

turcaí ☐

liamhás ☐

ispíní ☐

slisní bagúin ☐

**Siopa glasraí:**

cabáiste ☐

cóilis ☐

leitís ☐

cairéid ☐

bachlóga Bhruiséile ☐

tornapaí ☐

oinniúin ☐

**Ollmhargadh:**

brioscaí ☐

milseáin ☐

cáca Nollag ☐

maróg Nollag ☐

**Siopa bréagán:**

traein ☐

teidí ☐

scátaí rothacha ☐

balúin ☐

bábóg ☐

**Siopa ceoil:**

téip U2 ☐

ceirnín Beatles ☐

giotár ☐

**Siopa leabhar:**

dialann ☐

cártaí Nollag ☐

póstaer Elvis ☐

**Siopa seodóra:**

fáinní cluaise ☐

muince ☐

uaireadóir ☐

**Siopa éadaí:**

slipéir ☐

miotóga ☐

caipín ☐

stocaí ☐

**6.5 Líon isteach an crosfhocal. [Téacsleabhar, lch 110.]**

## 6.6 Éist leis an téip agus líon na bearnaí. [Téacsleabhar, lch 110.]

MÍR 3

Beidh ____ _____ oscailte déanach gach oíche ón _____ roimh Nollaig,
agus beidh siad _____ ar an Domhnach _____ Nollaig chomh maith.
Níl ach _____ lá siopadóireachta fágtha. Brostaigh agus ceannaigh na
_____ anois: ná fan go dtí ____ _____, nó beidh tú ró-
mhall. Brostaigh go dtí _____ Uí Shé! An _____ is fearr! An
_____ is saoire! _____ agus _____ de gach sórt!
_____ agus gach sórt feola! _____ agus _____ de gach saghas!
Tá _____ mór againn: ní bhfaighidh tú ticéad páirceála. Brostaigh agus
bí linn! Beidh _____ ____ _____ san ollmhargadh seo gach ____ ón Luan
seo chugainn amach. Beidh _____ aige do
_____ agus do _____. Bí ann gan teip! Scríobh do
_____ inniu agus cuir sa _____ í ag doras an ollmhargaidh. £1.50 atá ar na
_____. _____ atá ar phictiúr le _____ ____ _____. Brostaigh
agus ná bí _____!

## 6.7 Líon na bearnaí seo thíos. [Téacsleabhar, lch 112.]

| An bhliain seo caite | I mbliana |
|---|---|
| Fuair mé _____ ó Mhamaí. | Gheobhaidh mé _____ uaithi. |
| Fuair mé _____ ó Dhaidí. | Gheobhaidh mé _____ uaidh. |
| Fuair mé _____ ó m'aintín. | Gheobhaidh mé _____ uaithi. |
| Fuair mé _____ | Gheobhaidh mé _____ |
| Fuair mé _____ | Gheobhaidh mé _____ |
| Thug mé _____ do Mhamaí. | Tabharfaidh mé _____ di. |
| Thug mé _____ do Dhaidí. | Tabharfaidh mé _____ dó. |
| Thug mé _____ | Tabharfaidh mé _____ |
| Thug mé _____ | Tabharfaidh mé _____ |
| Thug mé _____ | Tabharfaidh mé _____ |

**6.8 Éist leis an téip agus bailigh an t-eolas faoi chrannchur na Nollag.**
**[Téacsleabhar, lch 112.]**

📼 **MÍR 4**

|  | *Duais* | *Dath an ticéid* | *Uimhir an ticéid* | *Bronntanas* |
|---|---|---|---|---|
| 1. |  |  |  |  |
| 2. |  |  |  |  |
| 3. |  |  |  |  |
| 4. |  |  |  |  |
| 5. |  |  |  |  |
| 6. |  |  |  |  |
| 7. |  |  |  |  |
| 8. |  |  |  |  |
| 9. |  |  |  |  |

## ■ Cleachtaí Dul Siar

**6.9 Cuir lipéid ar an mbeithilín.**

Naomh Iósaf, an mainséar, Íosa, Muire, na haoirí, na Trí Ríthe.

## 6.10 Scríobh an dáta

Oíche Nollag:

Lá Nollag:

Lá Fhéile Stiofáin:

Oíche Chinn Bliana:

Lá Caille:

Nollaig na mBan:

## 6.11 Líon na bearnaí.

(a) Oíche Nollag rugadh _____.

(b) Rugadh é i _____ i mBeithil.

(c) Bhí _____ agus _____ sa stábla.

(d) Bhí na haoirí ar an _____.

(e) Chuala siad _____ na n-aingeal.

(f) Tháinig na _____ Ríthe.

(g) Lean siad an _____ sa spéir.

(h) Tagann _____ ____ _____ Oíche Nollag.

## 6.12 Freagair na ceisteanna.

---

**SCOIL IÓSAIF**

**Ceolchoirm na Nollag**

ar an Aoine 16 Nollaig

ag tosú ar 8:00 i.n.

HALLA NA SCOILE

Drámaí, ceol, rince & mím ó gach rang

Spórt agus craic d'óg agus d'aosta

Ticéid (ag an doras): £3, leanaí agus seanóirí £1

Crannchur le go leor duaiseanna

Fáilte roimh chách

---

Cá mbeidh an cheolchoirm?

Cathain a bheidh sí ann?

Cad a bheidh ar siúl?

Cé a bheidh páirteach ann?

Cá mbeidh na ticéid le fáil?

Cén costas do Mhamaí, Dhaidí, Mhamó agus bheirt leanbh?

## 6.13 Déan fógra mar seo do cheolchoirm i do scoil féin.

●

**6.14 Cuir abairt le gach pictiúr.**

(a) Bhí maratan cispheile sa halla spóirt.

(b) Rinne dalta damhsa Gaelach.

(c) Chan na cailíní amhráin Nollag.

(d) Rinne na daltaí dráma na Nollag.

(e) Chuir na daltaí bláthfhleasc ar dhoras na scoile.

(f) Bhí comórtas cártaí Nollag sa scoil.

(g) Mhaisigh na daltaí an halla don cheolchoirm.

(h) Dhíol na daltaí ticéid don chrannchur.

(i) Bhí a lán duaiseanna deasa sa chrannchur.

**6.15 Cuir lipéid ar na maisiúcháin seo.**

(Faigh an litriú i do théacsleabhar.)

**6.16 Cuir abairt le gach pictiúr.**

(a) Chuir Mamaí babhla torthaí ar an mbord.

(b) Cheannaigh mé bosca seacláide agus bosca milseán.

(c) Bhí fíon ag na daoine fásta agus oráiste agus cóla ag na daoine óga.

(d) Rinne Mamaí cáca Nollag, maróg Nollag agus píóga mionra dúinn.

(e) Cheannaigh Daidí turcaí i siopa an bhúistéara.

(f) Is maith linn glasraí inár dteachna.

**6.17 Freagair na ceisteanna.**

> ## ÓSTÁN AN CHÓSTA
> Biachlár do fheoilséantóirí
> \*
> Sú seadóige nó oráiste
> Anraith muisriúin nó trátaí
> \*
> Ceibeabanna glasraí
> Pizza
> \*
> Piseanna · cairéid · cóilis
> \*
> Maróg Nollag · torthaí úra
> Tae · caife
> £15

Cad is ainm don óstán seo?
Cad a bheidh agat ón mbiachlár?—
    Anraith:
    Príomhchúrsa:
    Milseog:
    Deoch:
Cén praghas atá ar an mbéile?

**6.18 Cuir ainm ar na bréagáin atá anseo.**

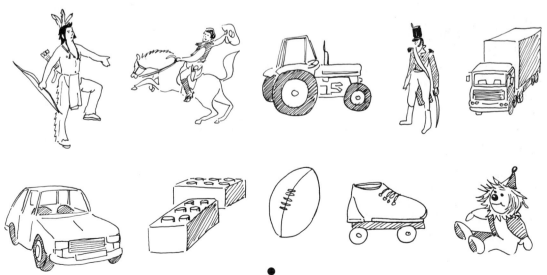

**6.19 Cuir ainm ar chúig rud ba mhaith leat.**

*Ba mhaith liom …*

**6.20 Ceannaigh bronntanais do do chlann agus do do chairde sa siopa seo (deich rud).**

*Ceannóidh mé … do Mhamaí.*
*Ceannóidh mé …*

## 6.21 Líon na bearnaí.
### Ag ullmhú don Nollaig.

Rinne Mamaí _____ agus _____ i mí na Samhna.

Chuir sí _____ Nollag go dtí na gaolta agus na cairde.

Cheannaigh Daidí _____ Nollag faoin tuath.

Cheannaigh sé _____ agus _____ ar thaobh na sráide.

Fuair Mamaí maisiúcháin na _____.

Chuir na páistí lampaí draíochta ar an _____.

Chuir siad _____ ____ _____ ar bhord beag sa seomra suí.

Cheannaigh Mamaí a lán _____.

Thug siad _____ do Mhamó.

Chuaig an chlann ar _____ meán oíche Oíche Nollag.

D'oscail siad na _____ Lá Nollag.


## 6.22 Tusa Mamaí. Scríobh liosta na rudaí atá le déanamh roimh Nollaig agat féin.


## 6.23 Cad a rinne do chlann Lá Nollag? Scríobh deich n-abairt.


## 6.24 Scríobh iarratas do chlár ceoil na Nollag ar Raidió na Gaeltachta.
(*a*) Do Dhaideo—tá sé san ospidéal.

(*b*) Do Liam Ó Sé—sa bhaile ón Astráil.

(*c*) D'Áine Ní Néill—do chara buan.


## 6.25 Cén bronntanais a fuair na daoine seo?

*Fuair Seán …*

## 6.26 Cad dúirt siad? Líon na bolgáin.

Lá Nollag

Lá Caille

# – AONAD 7 –
# TINNEAS

## ■ Cleachtaí Bunaithe ar an Téacs

**7.1 Éist leis an téip agus líon na bearnaí. [Téacsleabhar, lch 128.]**

📼 MÍR 1

**Máire Ní Néill**                    **Aois:**
Comharthaí:    1.

2.

3.

Galar: Tá an _____ air / uirthi, dar liom. Tógálach ▢

**Siobhán Ní Mhurchú**                **Aois:**
Comharthaí:    1.

2.

3.

Galar: Tá an _____ air / uirthi, dar liom. Tógálach ▢

**Dónall Ó Briain**                   **Aois:**
Comharthaí:    1.

2.

3.

Galar: Tá an _____ air / uirthi, dar liom. Tógálach ▢

**7.2 Líon na bearnaí sna habairtí seo. [Téacsleabhar, lch 131.]**
Bhí _____ ar Mhamaí nuair a chonaic sí Pádraig ar an gCéadaoin. Bhí _____
ar Dhaidí nuair a tháinig biseach ar Phádraig. Thug an dochtúir
_____ do Phádraig ar an gCéadaoin. Fuair Daidí an buidéal agus na
piollaí i _____ __ _____.

●
85

## 7.3 Fíor nó bréagach? [Téacsleabhar, lch 131.]

Nuair a bhí Pádraig ar fónamh arís—

|  | Fíor | Bréagach |
|---|---|---|
| Ní raibh aon ghoile aige. | ☐ | ☐ |
| Ní raibh teas air. | ☐ | ☐ |
| Ní raibh sé compordach. | ☐ | ☐ |
| Bhí sé lag tuirseach. | ☐ | ☐ |
| Chuaigh sé ar scoil ag siúl. | ☐ | ☐ |

## 7.4 Líon isteach clár ama an dochtúra. [Téacsleabhar, lch 131.]

| Am | Othar | Tinneas | Leigheas |
|---|---|---|---|
| 9:00 | Bean Uí Shé | Fliú | Instealladh |
| 9:30 | | | |
| 10:00 | | | |
| … | | | |

## 7.5 Éist leis an téip agus bailigh an t-eolas. [Téacsleabhar, lch 132.]

MÍR 2

| | | |
|---|---|---|
| Cá bhfuil Gaelscoil Uí Riada? | i nGaillimh | ☐ |
| | i dTrá Lí | ☐ |
| | i Luimneach | ☐ |
| | i gCorcaigh | ☐ |
| Cé atá tinn? | an príomhoide | ☐ |
| | a lán daltaí | ☐ |
| Cén galar atá orthu? | an plucamas | ☐ |
| | an fliú | ☐ |
| | an triuch | ☐ |
| Cathain a osclófar an scoil arís? | ar an 7ú | ☐ |
| | ar an 17ú | ☐ |
| | ar an 27ú | ☐ |

**7.6 Cad a tharla? Cuir an litir cheart sa bhosca. [Téacsleabhar, lch 133.]**

Bhris sé a rúitín.  ☐

A chuid fiacla! Tá trí cinn caillte aige.  ☐

Bhris sé a uillinn.  ☐

Tá a ghiall briste.  ☐

Tá a chos ataithe.  ☐

**7.7 Éist leis an téip agus bailigh an t-eolas. [Téacsleabhar, lch 134.]**

📼 **MÍR 3**

Uimhir theileafóin an fhiaclóra:

Cad tá ar an bhfear seo?   tinneas cinn  ☐

tinneas fiacaile  ☐

tinneas goile  ☐

Cad is ainm dó?   Seán  ☐

Eoin  ☐

Dónall  ☐

Cén t-am a thiocfaidh sé?   ar 2:00  ☐

roimh 1:00  ☐

ar 1:00  ☐

Cén lá a thiocfaidh sé?   amárach  ☐

ar an Déardaoin  ☐

inniu  ☐

📼 **MÍR 4**

Uimhir theileafóin:

Cé hé Tomás Ó Cinnéide?   an sagart ☐   an príomhoide ☐   an traenálaí ☐

Bhí Dónall ag imirt   leadóige ☐   cispheile ☐   liathróid láimhe ☐

Ghortaigh sé   a cheann ☐   a lámh ☐   a rúitín ☐

| | | | |
|---|---|---|---|
| San ospidéal thug siad | instealladh | ☐ | |
| | piollaí | ☐ | |
| | maidí croise | ☐ | dó |
| Nuair a tharla an timpiste bhí Mamaí | ag snámh | ☐ | |
| | ag obair | ☐ | |
| | ag siopadóireacht | ☐ | |

## 🔊 MÍR 5

Ainm na scoile:

Tá Learaí Ó Néill sa tríú ☐ dara ☐ séú ☐ chéad ☐ bhliain

| | | |
|---|---|---|
| Ní bheidh Learaí ar scoil mar | tá an chlann ag dul ar saoire | ☐ |
| | fuair Mamó bás | ☐ |
| | tá sé gortaithe tar éis cluiche | ☐ |
| | fuair a mháthair bás | ☐ |
| Beidh Learaí ar ais | ar an Aoine | ☐ |
| | ar an gCéadaoin | ☐ |
| | ar an Luan | ☐ |

**7.8 Líon na bearnaí. [Téacsleabhar, lch 135.]**

1. Bhí an scoil ag imirt in aghaidh _____ _____.
2. Cluiche _____ a bhí ar siúl.
3. Chuaigh gach duine go dtí an _____ _____ chun an cluiche a fheiscint.
4. Fuair an _____ eile an chéad trí scór.
5. Síle a fuair an _____ scór dúinn.
6. Nóiméad roimh dheireadh an chluiche, _____ Síle suas an chúirt chun ciseán a fháil.
7. _____ cailín ón bhfoireann eile í agus _____ sí caol a láimhe.
8. Thóg an múinteoir í go dtí an _____.
9. San ospidéal, rinne siad _____ ar láimh Shíle.
10. Bhí _____ a _____ briste.
11. Chuir siad _____ uirthi.
12. Ní raibh Síle in ann _____, agus mar sin ní raibh aon _____ _____ le déanamh aici.

**7.9 Líon na bearnaí. [Téacsleabhar, lch 136.]**

Tar éis tamaill tháinig an _____ . Bhí orthu Seán a iompar ar _____ , mar ní raibh
sé in ann siúl go dtí an t-otharcharr. Chuaigh siad go dtí an_____ gan mhoill. Thug
an _____ cabhair dó ag dul isteach san ospidéal, agus bhuail sé leis an_____ .
Rinne said _____ ar a chois, agus fuair siad amach go raibh a _____ briste. Chuir
siad plástar ar a _____. Ní raibh Seán in ann iomáin a imirt ar feadh dhá mhí.

# ■ Cleachtaí Dul Siar

**7.10 Cuir lipéid ar bhaill an choirp.**

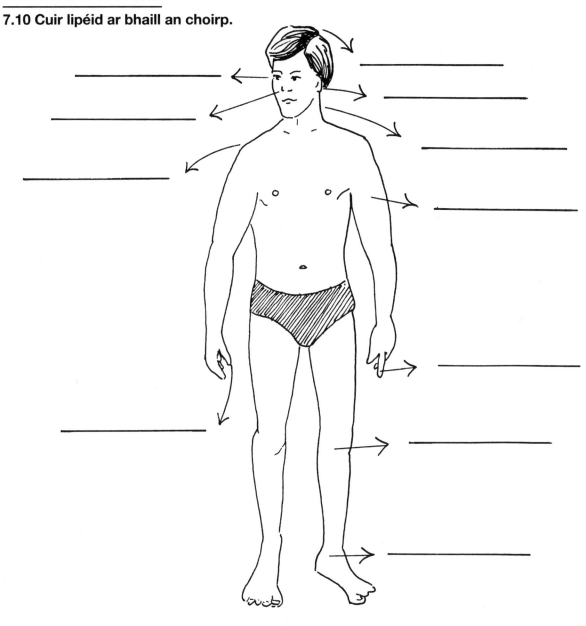

Líon na bolgáin.
*Tá … orm.*

## 7.12 Críochnaigh na habairtí seo go cuí.

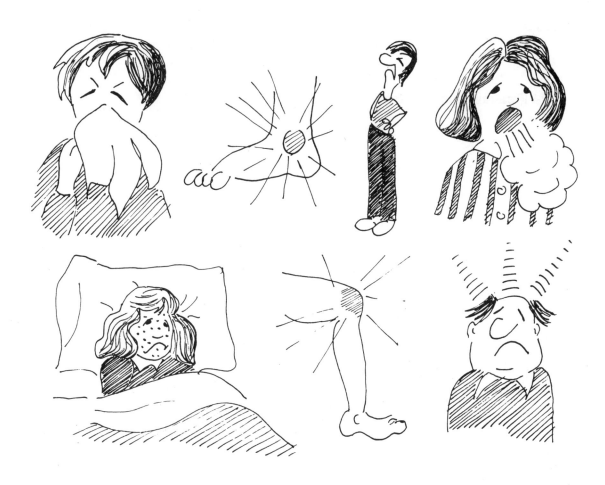

| | |
|---|---|
| Ní féidir liom rith mar | tá tinneas cluaise orm. |
| Ní féidir liom dul ag snámh mar | tá an triuch orm. |
| Ní féidir liom codladh mar | tá an fliú air. |
| Tá plástar ar mo chois mar | tá tinneas droma uirthi. |
| Ní feidir liom dul ar scoil mar | tá tinneas fiacaile air. |
| Níl Daidí ag obair inniu mar | tá slaghdán orm. |
| Tá Síle sa bhaile mar | bhí tinneas cinn uirthi. |
| Tá Tomás ag an bhfiaclóir mar | tá mo rúitín briste. |
| Mhúch Mamaí an teilifís mar | tá mo ghlúin tinn. |
| Ní dheachaigh Liam ag traenáil | tá an bhruitíneach air. |
| Níl aon ghoile ag Nollaig mar | bhí sé ró-thuirseach. |

## 7.13 Faigh an focal corr.

an fliú, an triuch, an plucamas, an bhruitíneach

tinneas cluaise, tinneas cinn, scornach thinn, rúitín briste

teas ard, ag casacht, scornach thinn, giotár

cos bhriste, lámh bhriste, spotaí dearga, srón bhriste

oráiste, líomanáid, buidéal leighis, caife

## 7.14 Freagair na ceisteanna.

> Baile an Teampaill
> 3 Feabhra 1992
>
> A mhúinteoir,
>
> Ní bheidh Tomás ar scoil an tseachtain seo mar beidh sé san ospidéal. Bhris sé a chos ag cluiche peile inné agus tá plástar uirthi. Tá a lámh tinn agus ní féidir leis na maidí croise a úsáid.
> Síle Uí Néill.

Cé a scríobh an nóta seo?           Cathain a tharla sé? Cén dáta?
Cé chuige an nóta?                  Cén cluiche is maith leis?
Cé atá tinn?                        Céard eile atá gortaithe?
Cá bhfuil sé?                       Cá bhfuil cónaí ar Thomás?
Cén fáth?

## 7.15 Scríobh nóta don mhúinteoir.

Bhris tú do rúitín. Tá plástar ar do chois. Ní bheidh tú in ann dul ag snámh amárach. Scríobh an nóta ó do mháthair nó ó d'athair go dtí an múinteoir corpoideachais.

## 7.16 Cuir na pictiúir in ord. Inis an scéal.

Úsáid na focail seo:
fios ar an otharcharr; sínteán; maidí croise; go dtí an t-ospidéal, plástar; ag scátáil; bronntanas Nollag.

## 7.17 Cuir an scéal ceart le gach pictiúr.

(a) Bhí mé ag imirt cispheile. Chas mé mo rúitín agus tá sé ataithe. Tá sé an-tinn. Ní féidir liom dul go dtí dioscó Oíche Vailintín anois.

(b) Fuair mé rothar sléibhe nua. Bhí rás agam féin agus Páid. Bhuail mé cloch agus thit mé ar an mbóthar. Tá mo ghlúine gearrtha go dona.

(c) Bhí mé féin agus Liam san úllord ag goid úll. Thit mé de chrann agus bhris mé mo lámh.

**7.18 Freagair na ceisteanna.**

> Beidh an Dr Ó Néill ar saoire ó 6 go 21 Márta 1993.
> Beidh an Dr de Búrca ina áit, agus is féidir teacht uirthi ag an uimhir 42976 idir 9:00 r.n. agus 1:00 i.n. gach lá.
> Beidh fáil uirthi más gá ag a huimhir bhaile, 32967.

Cá raibh an fógra seo?

Cé a scríobh an fógra seo?

Cén post atá aige?

Cá bhfuil sé ag dul?

Cathain a rachaidh sé?

Cathain a fhillfidh sé?

Cé a bheidh ina áit?

Cén uimhir theileafóin atá ag an Dr de Búrca ar maidin?

Cén uimhir bhaile atá aici?

**7.19 Cuir tic ( ✓ ) faoi na comharthaí cuí do gach galar.**

|  | Dath buí | Teas ard | Spotaí dearga | Scornach thinn | Tinneas cinn | Tinneas cluaise | Gan aon ghoile | Casacht |
|---|---|---|---|---|---|---|---|---|
| Fliú |  |  |  |  |  |  |  |  |
| Plucamas |  |  |  |  |  |  |  |  |
| Bruitíneach |  |  |  |  |  |  |  |  |
| Triuch |  |  |  |  |  |  |  |  |
| Slaghdán |  |  |  |  |  |  |  |  |
| Galar buí |  |  |  |  |  |  |  |  |

**7.20 Fógra raidió. Freagair na ceisteanna.**

'Dúnfar bunscoil na Carraige ar an Aoine seo chugainn ar feadh coicíse. Tá an fliú ar a lán de na daltaí agus ar na múinteoirí faoi láthair. Osclóidh an scoil arís ar an Luan 12 Deireadh Fómhair. Ní bheidh cruinniú na dtuismitheoirí ann ar an gcúigiú lá mar a bhí beartaithe. Beidh sé ann ar an naoú lá déag anois.'

Cad a tharlóidh ar an Aoine?
An fada a bheidh an scoil dúnta?
Cén fáth?
Cén galar atá ar na daltaí?

Cén dáta a osclófar an scoil arís?
Cad a bhí beartaithe ar an gcúigiú lá?
Cathain a bheidh sé ann anois?

**7.21 Féach ar an ngraf. Scríobh an t-eolas.**

*Galair a bhí ar pháistí sa rang*

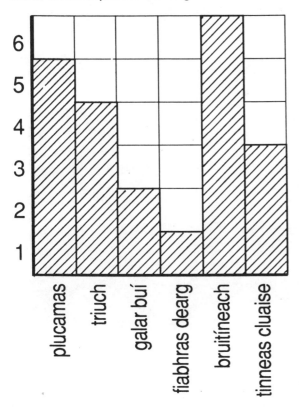

**7.22 Déan suirbhé i do rang.**

Faigh amach cé mhéad duine a raibh na galair sa ghraf orthu.
*An raibh an triuch ort riamh?*
*An raibh an plucamas ort nuair a bhí tú óg?*

…

## 7.23 Líon isteach an crosfhocal.

*Trasna*

5. Thug an dochtúir _____ dom i mo láimh.
9. Scríobh sé amach _____ dom.
11. Chuaigh Mamaí go dtí _____ an phoitigéara.
12. Thóg sé _____ mo choirp.
13. Ghortaigh mé mo chos. Bhí sé ____-phianmhar.
14. Bhí mo rúitín gortaithe agus bhí sé _____.
16. Chuaigh sí go dtí an fiaclóir nuair a bhí _____ _____ uirthi.
17. Bhraith mé go _____ nuair a bhí mé tinn.
19. D'ith sí an iomarca agus tá tinneas _____ uirthi.
20. Cheannaigh Mamaí _____ _____ dom nuair a bhí mé breoite.

*Síos*

1. Bhí _____ uafásach i mo cheann.
2. Dúirt an dochtúir go raibh an _____ orm.
3. _____ an dochtúir piollaí dom.
4. Tógtar teocht le _____.
6. Bhí an ceol an-ghlórach agus tháinig _____ _____ orm.
7. Fuair Seán bocht buille de chamán nuair nach raibh an _____ ag féachaint.
8. Tugann _____ aire do dhaoine san ospidéal.
10. Thug an _____ instealladh dom.
11. Ní raibh mé in ann slogadh nuair a bhí mo _____ tinn.
15. Thosaigh mé ag _____ nuair a bhí slaghdán orm.
16. Thóg an dochtúir teas no choirp agus bhí _____ an-ard dom.
18. Bhí mo chluas an-phianmhar mar bhí tinneas _____ orm.


**7.24 Freagair na ceisteanna seo.**
Ar ghortaigh tú do ghlúin riamh?
Ar bhris tú do lámh?
Ar úsáid tú maidí croise riamh?
Ar chaith tú bindealán ar do láimh riamh?
An bhfuair tú buille de chamán riamh?
Ar thit tú de do rothar?
Ar thit tú de chapall?
Ar thit tú de chrann?
Ar thit tú den bhalla?

**7.25 Scríobh amach na difríochtaí idir an dá phictiúr.**

**7.26**

Tá sé bacach.
Ní féidir leis _____.
Ní féidir leis …

Tá sí _____.
Ní féidir leí aon rud a fheiceáil.
Ni fhéachann sí ar an _____.
Ní théann sí go dtí an phictiúrlann.
Is breá leí an raidió.

Tá sé _____.
Ní féidir leis aon rud a chloisteáil.
Ní chloiseann sé ceol na n-éan.
Ní éisteann sé leis an _____.
Féachann sé ar an _____.

# AONAD 8
# LÁ FHÉILE VAILINTÍN

## ■ Cleachtaí Bunaithe ar an Téacs

**8.1 Fíor nó bréagach? Cuir tic ( ✓ ) sa bhosca cuí. [Téacsleabhar, lch 143.]**

|  | *Fíor* | *Bréagach* |
|---|---|---|
| Thug Antaine cárta do Róisín. | ☐ | ☐ |
| Thug Seán bronntanas do Róisín. | ☐ | ☐ |
| Thug fear an phoist cárta do Róisín. | ☐ | ☐ |
| Tá Antaine cosúil le Tom Cruise. | ☐ | ☐ |
| Wham a rinne 'The Joshua Tree'. | ☐ | ☐ |
| Tá Bono sa ghrúpa U2. | ☐ | ☐ |
| Níor ith Róisín a bricfeasta. | ☐ | ☐ |
| Chuir Seán cárta di ar scoil. | ☐ | ☐ |
| Chuir Seán bronntanas tríd an bpost. | ☐ | ☐ |
| Buachaill saibhir is ea Seán. | ☐ | ☐ |
| Buachaill ciallmhar is ea Seán. | ☐ | ☐ |
| Rinne Seán pictiúr de Bhono. | ☐ | ☐ |
| Is maith le Róisín cailín Antaine. | ☐ | ☐ |

*Scríobh amach an leagan ceart de na habairtí bréagacha*

## 8.2 Bailigh an t-eolas. [Téacsleabhar, lch 143.]

Cén lá a bhí ann?    Lá Fhéile Pádraig ☐

Lá Fhéile Vailintín ☐

Lá Fhéile Bríde ☐

Bhí Róisín ag súil le    fáinne ☐

cárta ☐

bronntanas ☐

Tá deartháir ag Róisín:    Seán ☐

Antaine ☐

Pádraig ☐

Tháinig    an dochtúir ☐

an sagart ☐

fear an phoist ☐ go dtí an doras.

Thug sé    billí ☐ go dtí    Róisín ☐

cárta ☐    Daidí ☐

bronntanas ☐    Antaine ☐

beart ☐    Mamaí ☐

Cé atá cosúil le Johnny Logan?    Daidí ☐

Róisín ☐

Antaine ☐

Seán ☐

Cé a rinne an fadcheirnín 'The Joshua Tree'?
Cé a scríobh a ainm air?
Cad a fuair Róisín?    (a)
(b)
Cé a thug an bronntanas di?

Bhí    brón ☐        Bhí    áthas ☐

áthas ☐        brón ☐

éad ☐        éad ☐

sceitimíní ☐        sceitimíní ☐

uaigneas ☐        fearg ☐ ar na cailíní eile.

díomá ☐ ar Róisín.

●
101

## 8.3 Líon na bearnaí seo ón scéal. [Téacsleabhar, lch 142.]

An _____ lá _____ de mhí _____ a bhí ann. Níor chodail _____ an oíche roimhe sin. Bhí sí ag súil le _____ _____ óna _____, Seán. Dúirt sé go mbeadh _____ ____ _____ aige di an lá sin. _____ sí go moch. Shuigh sí sa _____ _____ ag fanacht le _____ ____ _____. Tháinig sé. Ní raibh _____ aige di. Bhí _____ aige do Dhaidí agus Mhamaí. Bhí _____ aige d'Antaine. Chuaigh Róisín ____ _____ go brónach. Bhí na cailíní eile ag _____ agus ag gáire faoi na _____ a fuair siad. Bhí _____ ar Róisín mar ní bhfuair sí _____. Ansin chonaic sí _____ ag teacht ina _____. Níor fhéach sí air. Labhair sé. Bhí _____ aige di. Bhí _____ aige di freisin. Níor chuir sé sa phost é mar bhí _____ air go mbeadh sé _____ _____. Seán féin a rinne an _____ de Róisín. _____ le U2 an bronntanas a thug sé di, agus scríobh _____ a ainm air. Bhí _____ ar Róisín. Bhí _____ ar na cailíní eile nuair a chonaic siad an _____ agus an _____ deas a fuair Róisín.

## 8.4 Faigh focail sa ghiota ar aon bhrí leo seo. [Téacsleabhar, lch 144.]

go luath =

ag feitheamh =

faic =

gligín =

in ann =

righin =

duairc =

ag screadadh =

ina haice =

ina smidiríní =

is deise =

ina theannta sin =

sínithe =

feargach =

an-chostasach =

a lán =

stuama =

cineálta, lách =

## 8.5 Éist leis an téip agus bailigh an t-eolas. [Téacsleabhar, lch 144.]

📼 **MÍR 1**

Beidh _____ i halla an pharóiste ar an _____, Oíche _____, do dhéagóirí os cionn _____ bliana déag. Tosóidh sé ar a _____ a chlog, agus leanfaidh sé ar aghaidh go dtí __ _____ __ _____. Learaí na bPóg fear an tí, agus beidh spotduaiseanna ann do na _____ is rómánsúla! _____ phunt atá ar an doras, agus beidh _____ tar éis an dioscó. Bí _____! Bí ann!

## ■ Cleachtaí Bunaithe ar an Téacs

**9.1 Éist leis an téip agus líon na bearnaí. [Téacsleabhar, lch 152.]**

🔲 **MÍR 1**

Inniu Lá Fhéile Bríde, ach tá an aimsir gheimhriúil linn i gcónaí. Tar éis titim mhór
_____ na hoíche aréir tá na bóithre an-dainséarach. Beidh an phictiúrlann
_____ go dtí an _____ seo chugainn, mar tá an córas teasa as feidhm. Ní
bheidh aon bhiongó ar siúl i _____ an pharóiste anocht, agus tá an cluiche
_____ ar an _____ curtha ar ceal freisin. Ní bheidh aon scoil ag na
daltaí _____ go dtí an _____ seo chugainn, mar ní féidir le _____
____ _____ taisteal. Nach aoibhinn dóibh!
        Moltar do gach duine bheith _____ ar na bóithre. Má tá
_____ ina gcónaí in aice leat cuir glaoch orthu agus tabhair
_____ dóibh más gá. Agus ná déan dearmad ar na _____. Fág píosaí
aráin sa _____ nó sa _____ dóibh. Caithfidh na
_____ aire a thabhairt do na caoirigh. Níl greim le n-ithe acu, mar tá
an tír faoi bhrat _____ sneachta.
        Tá fógra agus dea-scéal anseo, áfach. Beidh _____ taistil ollmhargadh Uí
Shé ag freastal ar na bailte faoin tuath mar is gnách ar an _____. Agus anois
beidh píosa _____ againn ó _____ Glackin agus beidh ____ _____
agus Tommy ag _____ anseo sa stiúideo chun sinn féin a choimeád te!

**9.2 Fíor nó bréagach? Cuir tic (✓) sa bhosca cuí. [Téacsleabhar, lch 156.]**

|  | *Fíor* | *Bréagach* |
|---|---|---|
| Tá siopa glasraí ag Mylie agus Biddy faoin tuath. | ☐ | ☐ |
| Fásann siad trátaí sa ghort. | ☐ | ☐ |
| Ní bhíonn aon chabhair acu. | ☐ | ☐ |
| Ní fhásann fiailí sna goirt. | ☐ | ☐ |
| Cuireann Mamaí gort prátaí. | ☐ | ☐ |
| Ní maith le Daidí glasraí. | ☐ | ☐ |
| Fásann Mamaí leitís. | ☐ | ☐ |

*Scríobh amach an leagan fíor de na habairtí bréagacha.*

**9.3 Éist leis an téip, agus bailigh an t-eolas. [Téacsleabhar, lch 156.]**

📼 **MÍR 2**

**Cén sórt siopa é?**

Siopa poitigéara ☐

Siopa glasraí ☐

Ollmhargadh ☐

Siopa garraíodóra ☐

pící ☐        piollaí ☐

spáid ☐       bróga ☐

síolta ☐      camáin ☐

bláthanna ☐   lomairí faiche ☐

plandaí beaga ☐   geataí ☐

caife ☐       sluaistí ☐

**Cad tá ar díol ann?**

rácaí ☐        éadaí ☐

fraschannaí ☐  bainne ☐

Oscailte óna _____ a chlog gach lá go dtí a _____, _____ lá na seachtaine.
Lón:

■ **Cleachtaí Dul Siar**

**9.4 Cuir na pictiúir agus na lipéid le chéile, agus críochnaigh na habairtí.**

An ghrian ag taitneamh

FEABHRA

Ag cur báistí

MÁRTA

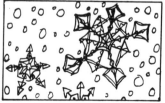

Ag cur sneachta

AIBREÁN

(a) Bíonn sé ____ _____ _____ i mí Feabhra.

(b) Bíonn sé ____ _____ _____ i mí an Mhárta.

(c) Bíonn ____ _____ ____ _____ i mí Aibreáin.

**9.5 Cuir na habairtí agus na míonna le chéile, agus freagair na ceisteanna.**

Is é Lá Fhéile Bríde an chéad lá de mhí Feabhra. Déanann daoine Cros Bhríde, agus crochann siad sa teach é.

Titeann Lá Fhéile Vailintín ar an gceathrú lá déag de mhí Feabhra. Faigheann buachaillí agus cailíní cártaí Vailintín, agus bíonn áthas an domhain orthu.

Titeann Lá Fhéile Pádraig ar an seachtú lá déag de mhí an Mhárta. Bíonn gach scoil dúnta agus muintir na hÉireann go léir ag ceiliúradh.

Lá na nAmadán an chéad lá d'Aibreán gach bliain. Bíonn an-spórt ag daoine óga ag imirt cleas an lá sin.

**Cuir le chéile iad.**

Tagann Lá Fhéile Pádraig sa mhí seo.

Aibreán

Imríonn daoine cleasanna ar an gcéad lá den mhí seo.

Márta

Cuirim cárta go dtí mo ghrá sa mhí seo.

Feabhra

(*a*) Cén dáta Lá Fhéile Bríde?
(*b*) Cad a dhéanann daoine an lá sin?
(*c*) Cad a dhéanann daoine Lá Fhéile Vailintín?
(*d*) Cad a dhéanann daoine Lá Fhéile Pádraig?
(*e*) Cén dáta Lá na nAmadán?
(*f*) Cad a dhéanann daoine an lá sin?
(*g*) Cén cleas a rinne tusa?

**9.6 Cuir lipéad le gach pictiúr.**

| Lá gaofar | Scamaill sa spéir | Ceo | Lá fuar |

Bóithre sleamhain le leac oighir

Sioc

106

**9.7 Aimsigh na focail atá faoi cheilt anseo (síos, suas, nó trasna).**

| R | N | A | I | R | G | A | S | T |
|---|---|---|---|---|---|---|---|---|
| B | Á | I | S | T | E | A | C | H |
| A | E | B | N | A | T | R | A | M |
| R | R | S | E | N | S | E | M | A |
| H | B | C | A | H | I | T | A | R |
| B | I | F | C | E | O | A | L | T |
| A | A | E | H | A | C | H | L | C |
| E | N | S | T | E | L | E | A | M |
| F | F | U | A | R | H | F | A | R |

**9.8 Cén sórt aimsire a bheidh ann inniu?**

1

2

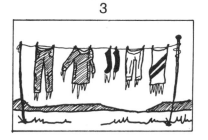

3

4

5

6

**9.9 Freagair na ceisteanna.**

```
                        CÁRTA POIST


Florida                          |
Hi, a Mháire,                    |   Máire Ní Shé
Conas tá tú? Táim ar saoire      |   An Charraig Rua
anseo le m'uncail. Tá an aimsir  |   An Spidéal, Co. na GAILLIMHE
go hálainn. Bíonn an ghrian ag   |   IRELAND
taitneamh gach lá. Slán tamall.  |
            Seán.                 |
```

Cé a scríobh an cárta seo?    Cé atá leis?
Cá bhfuil sé?                  Conas atá an aimsir?

**9.10 Cuir cárta go dtí do chara. Inis dó nó di cá bhfuil tú agus conas atá an aimsir.**

```
                        CÁRTA POIST


                                 |
                                 |
                                 |
                                 |
                                 |
                                 |
                                 |
```

**9.11 Líon na bearnaí.**
    (a) Lá breá brothallach a bhí ann agus bhí ____ _____ go hard sa spéir.
    (b) Rith na páistí isteach sa scoil mar thosaigh sé ag _____ _____.
    (c) Bhí áthas an domhain ar na _____ nuair a chonaic siad an
    _____.
    (d) Bhí an gairdín faoi bhrat _____.
    (e) Bhí sé ag _____ _____ aréir agus tá páirc na peile faoi uisce.
    (f) Bhí gach carr ag taisteal go mall mar bhí an _____ sleamhain.

**9.12 Faigh an focal corr.**

Feabhra, Eanáir, Márta, Aibreán
fuar, fliuch, te, gaofar
ceo, fliuch, báisteach, breá
grian, gaoth, gealach, scamaill

**9.13 Cuir abairt le gach pictiúr.**

(a) Tá Daidí crosta. Ní féidir leis teacht isteach.
(b) Tá sé ag cur sneachta agus tá áthas ar na páistí.
(c) Chuir Máire agus Seán buataisí, cótaí, caipíní agus lámhainní orthu.
(d) Rinne Máire agus Seán fear sneachta an-mhór.
(e) 'Cá bhfuil do lámhainn eile?' arsa Mamaí.
(f) Leag Máire agus Seán an fear sneachta.

**9.14 Cuir lipéad ar gach ainmhí, agus cuir óg agus sean le chéile.**

*Cad é an ceann corr?*

| sicín uan lao tarbh banbh |
| --- |

| capall bó muc uan caora |
| --- |

| sicín | capall |
| --- | --- |
| turcaí | bó |
| asal | asal |
| gé | coinín |
| cearc | caora |

## 9.15 Freagair na ceisteanna

Cad iad na hainmhithe atá sa phictiúr?
Cá bhfuil siad?
Cad tá á dhéanamh ag an éan?
Cad tá sa spéir?
Cá bhfuil an feirmeoir?

## 9.16 Cuir na focail le chéile.

nead            feirmeoir
veain           muc
uan             fear an phoist
tarracóir       caora
leabhar         teach
fuinneog        múinteoir
cró             éan

## 9.17 Faigh na hainmhithe atá sa chiorcal.

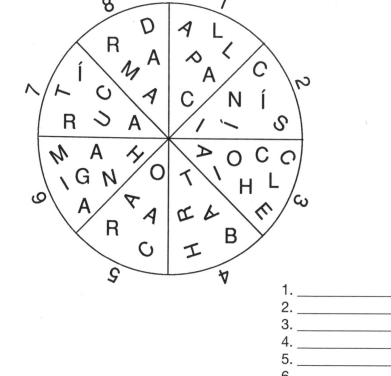

1. _____
2. _____
3. _____
4. _____
5. _____
6. _____
7. _____
8. _____

**9.18 Féach ar an bpictiúr agus scríobh an scéal.**

An Satharn sa bhaile

_____

_____

_____

_____

_____

_____

_____

_____

_____

_____

## 9.19 Cuir na huirlisí sa bhosca ceart.

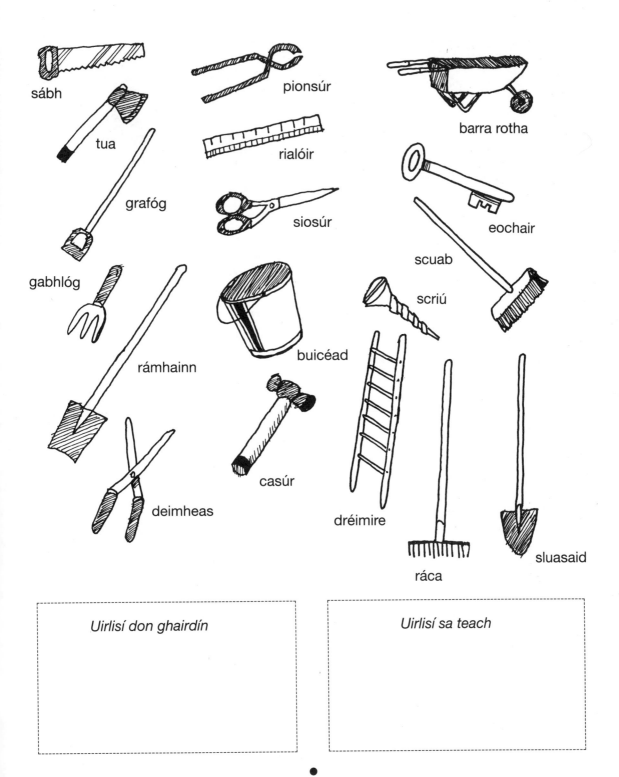

sábh

tua

pionsúr

barra rotha

grafóg

rialóir

siosúr

eochair

scuab

gabhlóg

scriú

rámhainn

buicéad

casúr

dréimire

deimheas

ráca

sluasaid

| Uirlisí don ghairdín | Uirlisí sa teach |
| --- | --- |
|  |  |

## 9.20 Déan an crosfhocal.

(T = trasna, S = síos.)
An bhfuil an litriú agat?

**9.21 Fíor nó bréagach? Cuir tic ( ✓ ) sa bhosca ceart.**

|  | Fíor | Bréagach |
|---|---|---|
| Gearrtar arán le sábh. | ☐ | ☐ |
| Buailtear táirne le casúr. | ☐ | ☐ |
| Osclaítear doirse le siosúr. | ☐ | ☐ |
| Bristear adhmad le tua. | ☐ | ☐ |
| Scuabtar an t-urlár le grafóg. | ☐ | ☐ |
| Cuirtear uisce i mbarra rotha. | ☐ | ☐ |
| Bailítear duilleoga le deimheas. | ☐ | ☐ |
| Baintear an fál le gabhlóg. | ☐ | ☐ |

Scríobh na freagraí cearta.

**9.22 Ainmnigh na glasraí seo.**

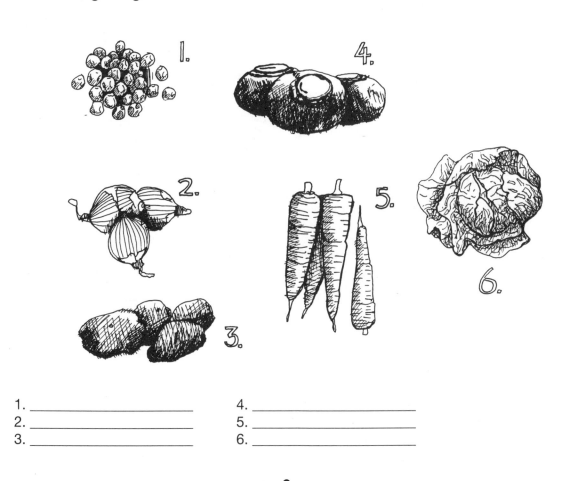

1. _____     4. _____
2. _____     5. _____
3. _____     6. _____

**9.23 Cad é an focal corr?**

leitís, cairéid, cabáiste, piseanna
cabáiste, iasc, oinniúin, tornapaí
oinniúin, prátaí, meacain bhána, cabáiste
leitís, úlla, cabáiste, oráiste
oinniúin, prátaí, cabáiste, bananaí

**9.24 Fíor nó bréagach? Cuir tic ( ✓ ) sa bhosca ceart.**

Spideog

Dreoilín

Préachán

Smólach

Lon dubh

| | Fíor | Bréagach |
|---|---|---|
| Déanann an t-éan nead san fhómhar. | ☐ | ☐ |
| Cuireann sí clocha sa nead. | ☐ | ☐ |
| Tagann na gearrcaigh amach. | ☐ | ☐ |
| Itheann siad duilleoga. | ☐ | ☐ |
| Itheann siad péisteanna. | ☐ | ☐ |
| Faigheann siad bia dóibh féin. | ☐ | ☐ |

| | Fíor | Bréagach |
|---|---|---|
| Itheann na gamhna óga prátaí. | ☐ | ☐ |
| Ólann na gamhna óga bainne. | ☐ | ☐ |
| Fanann siad sa pháirc lá fliuch. | ☐ | ☐ |
| Tugann an feirmeoir aire dóibh. | ☐ | ☐ |
| Bíonn an sionnach ag faire orthu. | ☐ | ☐ |

Scríobh na freagraí cearta.

# AONAD 10
# CEOL

◆

■ **Cleachtaí Bunaithe ar an Téacs**

**10.1 Déan suirbhé ar an rang: Uirlisí a sheinneann daltaí. [Téacsleabhar, lch 168.]**
*An seinneann tú an pianó? Cé a sheinneann an giotár? ...*

|  | Pianó | Giotár | Feadóg stáin | Veidhlín | Bosca ceoil | Fliúit/feadóg mhór |
|---|---|---|---|---|---|---|
| 15 |  |  |  |  |  |  |
| 14 |  |  |  |  |  |  |
| 13 |  |  |  |  |  |  |
| 12 |  |  |  |  |  |  |
| 11 |  |  |  |  |  |  |
| 10 |  |  |  |  |  |  |
| 9 |  |  |  |  |  |  |
| 8 |  |  |  |  |  |  |
| 7 |  |  |  |  |  |  |
| 6 |  |  |  |  |  |  |
| 5 |  |  |  |  |  |  |
| 4 |  |  |  |  |  |  |
| 3 |  |  |  |  |  |  |
| 2 |  |  |  |  |  |  |
| 1 |  |  |  |  |  |  |
| 0 |  |  |  |  |  |  |

**10.2 Éist leis an téip, agus bailigh an t-eolas. [Téacsleabhar, lch 169.]**

🎞 **MÍR 1**

Beidh oíche cheoil sa    mheánscoil    ☐

                         ghairmscoil    ☐

                         bhunscoil    ☐

Áit:

| *Ceoltóirí* | *Uirlisí* | | | | | |
|---|---|---|---|---|---|---|
| Mary Bergin | bosca ceoil | ☐ | veidhlín | ☐ | fliúit (feadóg mhór) | ☐ |
| Matt Cranitch | pianó | ☐ | giotár | ☐ | fidil | ☐ |
| Con Ó Drisceoil | bainseo | ☐ | feadóg | ☐ | bosca ceoil | ☐ |
| Eithne Ní Uallacháin | pianó | ☐ | veidhlín | ☐ | guth | ☐ |

Am:

Ticéid: £__ an cheann.


**10.3 Cabhraigh leis an múinteoir agus bailigh an t-eolas. [Téacsleabhar, lch 169.]**

| *Uimhir* | *Amhrán* | *Grúpa* | *Cá raibh sé an tseachtain seo caite?* | *Cá mbeidh sé an tseachtain seo chugainn?* |
|---|---|---|---|---|
| 1. | | | | |
| 2. | | | | |
| 3. | | | | |
| 4. | | | | |
| 5. | | | | |
| 6. | | | | |
| 7. | | | | |
| 8. | | | | |
| 9. | | | | |
| 10. | | | | |

**10.4 Éist leis an téip agus bailigh an t-eolas. [Téacsleabhar, lch 175.]**

🔲 MÍR 2

Cad tá ar siúl? Cá rachaidh tú?

    *Lá*                                      *Am*

Scannán:

Biongó:

Duais:

Teach tábhairne Pháidí Uí Shé:      Aoine:

                                         Satharn:

Club na n-óg: Cleachtadh _____ agus _____

Lá:

Halla na mBráithre:    dráma ☐    biongó ☐    dioscó ☐

Am:                               Lá:

**10.5 Bailigh an t-eolas. [Téacsleabhar, lch 176.]**

Saghas fadcheirnín:            sean-nós    ☐

                              clasaiceach  ☐

                              blues  ☐

                              snagcheol  ☐

                              popcheol  ☐

Cé a d'eisigh an ceirnín?      RCA  ☐

                              EMI  ☐

                              Gael-Linn  ☐

                              K-Tel  ☐

Ceoltóirí atá ar an gceirnín:    *(a)*

                                *(b)*

                                *(c)*

                                *(d)*

                                *(e)*

Cad é an t-amhrán is bríomhaire ar an gceirnín?

Cad a rinne sé leis an seanamhrán?

Postanna Thaidhg:    *(a)*

                    *(b)*

                    *(c)*

Rugadh é i gCo. ...

Scolaíocht

Scoil:

Múinteoir:

Bhí sé páirteach i _____ agus i
_____.
Coláiste tríú leibhéil:
A chéad phost:
Anois tá sé ag obair le _____.


**10.6 Éist leis an téip agus bailigh eolas faoi na hiarrataisí. [Téacsleabhar, lch 178.]**

🔲 **MÍR 3**


Iarratas do Eibhlín ☐ Nóirín ☐ Bláithín ☐
Cén fáth? Tá sí tinn ☐ ag pósadh ☐ ag dul go Meiriceá ☐
Cé a chuir isteach an t-iarratas? Mamaí ☐ Aintín Síle ☐ Daniel agus Margo ☐


**10.7 Bailigh an t-eolas ar Enya. [Téacsleabhar, lch 183.]**

|     | Ceirnín | Dáta | Lipéad |
|-----|---------|------|--------|
| (a) |         |      |        |
| (b) |         |      |        |
| (c) |         |      |        |


Scoil:
Cumadóirí is maith léi:      (a) _____
                             (b) _____
                             (c) _____
                             (d) _____
Tionchar ar a cuid ceoil:    (a) _____
                             (b) _____

●

Chaith sí _____ _____ le Clannad.

D'fhág _____ agus _____ Clannad ag an am céanna.

Post atá ag a hathair: (a) _____

(b) _____

An maith léi an chathair?

## ■ Cleachtaí Dul Siar

### 10.8 Ainmnigh na huirlisí ceoil.

1

2

3

4

5

1. _____
2. _____
3. _____
4. _____
5. _____

**'Móroíche Amuigh'**

*The Dubliners*

sna **Braemor Rooms**

Baile an Teampaill (*Churchtown*)

**GACH OÍCHE go dtí 26 LÚNASA**
(ach amháin oícheanta Domhnaigh)

**+ Al Banim** *agus* **Dreoilín**

Áirithiú: 01 988664; 982308 & 981016

*Béile le fáil má tá sé ag teastáil*

Cén grúpa iad seo?
Cé mhéad ceoltóir sa ghrúpa?
Cad iad na huirlisí ceoil atá acu?

Cá mbeidh siad?
Cé eile a bheidh leo?
Cén oícheanta nach mbeidh siad ann?

## 10.11 Freagair na ceisteanna.

Fearghas Ó Flaitheartaigh agus Maidhc Dainín Ó Sé i mbun seisiúin
i dtábhairne Uí Fhlaitheartaigh sa Daingean

Cé hiad na ceoltóirí seo?      Cad as iad?
Cén uirlisí ceoil atá acu?     Cár tógadh an pictiúr seo?

## 10.12 Freagair na ceisteanna.

Cad is ainm don fhístéip seo?
Cá ndearnadh í?
Cé atá á cur i láthair?
Cén uirlisí ceoil atá le feiceáil sa phictiúr?

Cén ceoltóirí a bhí ann?
Cé a bhí ag rince ann?
Cén costas atá ar an bhfístéip?
Cá bhfuil sí ar fáil?

## 10.13 Freagair na ceisteanna.

Forlíonadh Fógraíochta – SAOL

---

### Breis Eolais

Oifig an Oireachtais, 6 Sráid Fhearchair,
Baile Átha Cliath 2. (01)753857/757401

Áras Chrónáin, Dúiche Chrónáin,
Cluain Dolcáin, Baile Átha Cliath 22.
(01)574847

**Oireachtais 1991
Cluain Dolcáin, Baile
Átha Cliath 22
18–27 Deireach Fómhair**

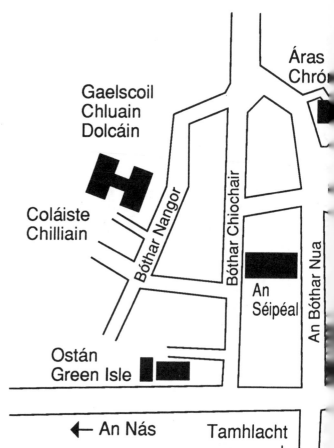

**Dé haoine 18/10/91**

| | |
|---|---|
| 7.30pm | **Oscailt Oifigiúil** – Óstán Green Isle |
| 8.30pm | **Ceolchoirm an Oireachtais** – Ostán Green Isle – Ceoiltóirí: Paddy Glackin, Dónal Lunny, Manus McGuire, Tommy & Siobhán Peoples, Róisín & Damien Harrigan. Táille £5 |
| 10.30pm | **Club na Féile** – Óstán Green Isle |

**Dé Sathairn 19/10/91**

| | |
|---|---|
| 10.00am | (go dtí 4.00pm) **Seimineár** f/ch Comhar na Múinteoirí Gaeilge – Áras Chrónáin. "Siollabas Leasaithe na hArdteistiméireachta" |
| 10.30am | **Comórtais Cheol Uirlise** – Coláiste Chillian |
| 11.00am | **Comórtas na gCór** – Óstán Green Isle |
| 11.30am | (go dtí 5.00pm) **Ceardlann Seiteanna** – Ollphuball |
| 7.00pm | **Foilsiú Leabhar** le Máirtín Ó Muilleoir – Coiscéim |
| 8.30pm | **Céilí na nDaoine Óga** – Coláiste Chillian |
| 8.30pm | **Fáiltiú an Oireachtais** – Óstán Green Isle. Táille £18 |

**Dé Domhnaigh 20/10/91**

| | |
|---|---|
| 11.30am | **Aifreann** |
| 12.30pm | **Siúlóid Stairiúil** (Teacht le chéile ag Áras Chrónáin) |
| 2.00pm | **Comórtais Cheol Uirlise** – Áras Chrónáin |
| 7.00pm | **Seirbhís Eaglasta**. |
| 8.00pm | **Léacht an Oireachtais** – "Cearta Teangan – ár mbeart de réir ár mbriathair?" Le Leachlain S. Ó Catháin |
| 10.30pm | **Céilí agus club na Féile** – Óstán Green Isle |

**Dé Luain 21/10/91**

| | |
|---|---|
| 10.00am | (go dtí 12.30pm) **Lá na nÓg** – Ollphuball |
| 2.00pm | (go dtí 3.30pm) **Ceolchoirm** do dhaltaí meánscoile |
| 6.00pm | **Soláistí, tae agus suí caidrimh** – Áras Chrónáin |
| 7.00pm | **Ceisteanna agus freagraí** – Ollphuball Cathaoirleach – Cathal Mac Coille |
| 9.00pm | **Oíche Cheoil**. Ceoiltóirí – Seoirse Ó Dochartaigh, Tony McMahon, Eoin Ó Néill aagus Mary Custy. |

**Dé Máirt 22/10/91**

| | |
|---|---|
| 10.00am | (go dtí 12.20p,) **Lá na nÓg** – Ollphuball |
| 2.00pm | (go dtí 3.30pm) Ceolchoirm do dhaltaí meánscoile |
| 7.30pm | Seimineár f/ch Chonradh na Gaeilge. "An Ghaeilge agus Cúrsaí Eaglasta" |

●

# Oireachtas 1991

**Busanna ag freastal ar an gCeantar**

Ó Lár Cathrach go rialta: Busanna 51, 68, 69
Ó Thamhlacht: Bus 76

**Bus Speisialta ó Óstán Green Isle**
go lár na cathrach ag 2.00 am an dá dheireadh
seachtaine, Aoine, Satharn, Domhnach agus
Oíche Dé Luain – 21/10/91. £1.50.

**Seirbhís Tacsaí**
Westside Taxis (01) 574000

| | |
|---|---|
| 7.30pm | Seó Faisín – Óstán Green Isle £5 |
| 10.30pm | Club na Féile. Óstán Green Isle |

### Dé Céadaoin 23/10/91
| | |
|---|---|
| 10.00am | (go dtí 12.30pm) **Lá na nÓg** – Ollphuball |
| 4.00pm | **Tráth na gCeist Boird** (daoine óga) – Coláiste Chillian. Táille £2. |
| 4.30pm | **Ocáid Bhord na Gaeilge** – Mná na Réabhlóide (1916) – Béithe na hAislinge le Margaret Mac Curtáin. Áras Chrónáin |
| 6.00pm | **Seoladh Leabhar** – Cló Iar Chonachta. |
| 8.00pm | **Tráth na gCeist Boird** (Daoine Fásta) – Ollphuball. Fear na gCeist: Micheál Ó Muircheartaigh. Táille £10 foireann de 4. |
| 10.30pm | **Club na Féile** – Áras Chrónáin |

### Déardaoin 24/10/91
| | |
|---|---|
| 10.00am | (go dtí 12.30pm) **Lá na nÓg** – Ollphuball |
| 11.00am | **Galf** – Galf Chúrsa Newlands |
| 8.00pm | **Oíche Dhrámaíochta agus Fhilíochta** (Duaiseoirí '91) le hAisteoirí Bulfin. |
| 8.00pm | **Seimineár** f/ch An Roth (Cumann na nInnealtóirí) – Áras Chrónáin |
| 10.30pm | **Céilí agus Club na Féile** – Áras Chrónáin |

### Dé hAoine 25/10/91
| | |
|---|---|
| 11.00am | **Lá na Naíonraí** – Ollphuball |
| 7.30pm | **Comórtas Sean-nós na mBan** – Óstán Green Isle |
| 10.30pm | **Club na Féile** – Óstán Green Isle |

### Dé Sathairn 26/10/91
| | |
|---|---|
| 9.30am | **Lá Scléipe na nÓgeagras** |
| 11.00am | **Comórtais Gaeltachta** |

| | |
|---|---|
| 11.00am | **Seimineár** |
| 7.30pm | **Comórtas Sean-nós na bhfear** – Óstán Green Isle |
| 10.30pm | **Damhsa leis Na Firéin** – Ollphuball |
| 10.30pm | **Club na Féile** – hstán Green Isle |

### Dé Domhnaigh 27/10/91
| | |
|---|---|
| 11.30pm | **Aifreann** – Ollphuball |
| 2.00pm | **Comórtais Gaeltachta** |
| 4.00pm | **Seisiún Ceoil** – Áras Chrónáin |
| 7.00pm | **Craobh Díospóireachta**. |
| 7.30pm | **Corn Uí Riada** – Óstán Green Isle |
| 9.30pm | **Coirm Cheoil** le Seán Ó hÉanaigh – Ollphuball |
| 10.30pm | **Club na Féile** – Banna Céilí Sheelin. |

*Bialanna sa Cheantar*

Bialann Healy's
Bialann Laurels
Red Cow Inn (dhá mhíle)
Bialann Steering Wheel
Bialann Lough & Quay
Bialann Gaff's Rest
Bialann Síneach
Clare's Pizzeria
Siopa Caifé (príomhshráid)

**Ceisteanna:**

Déan fógra don cheolchoirm ar 8:30 i.n. ar 18 Deireadh Fómhair.
Cad a bhí ar siúl ar 10:30 r.n. ar 19 Deireadh Fómhair?
Cad a bhí ar siúl ar 8:30 i.n. ar 19 Deireadh Fómhair?
Cad a bhí ar siúl ar 2:00 i.n. ar 20 Deireadh Fómhair?
Cad a bhí ar siúl ar 2:00 i.n. ar 21 Deireadh Fómhair?

Déan fógra don cheolchoirm ar 9:00 i.n. ar 21 Deireadh Fómhair.
Cá raibh comórtas sean-nós na bhfear ar siúl?
Déan fógra do thráth na gceist boird ar 23 Deireadh Fómhair.
Cathain a raibh comórtas sean-nós na mban ar siúl?
Déan liosta de na heachtraí sna háiteanna éagsúla.

| Áras Chrónáin | Eachtra | Dáta | Am |
|---|---|---|---|
| | | | |

| Óstán Green Isle | Eachtra | Dáta | Am |
|---|---|---|---|
| | | | |

| Ollphuball | Eachtra | Dáta | Am |
|---|---|---|---|
| | | | |

**10.14 Léigh an giota agus freagair na ceisteanna.**

# Na Póga agus na Taoisigh i gCathair an Cheo!

*Tuairisc le Shaun Ó Cialáin*

Sea, a léitheoirí dílse—oíche stairiúil thaitneamhach eile de cheol traidisiúnta na hÉireann le breathnú siar uirthi anseo. Cén áit? An uair seo, san Brixton Academy, SW9, áit ar bhailigh 3,200 duine, óg agus sean, chun an dá ghrúpa Cheilteacha seo a chloisteáil le chéile den chéad uair!

Rinne an slua mór a mbealach thar shliabh, ghleann, abhainn agus loch le bheith anseo.

Na Chieftains: seacht gceoltóir iad seo atá ar an mbóthar fada casta ceolmhar le mo chuimhne cinn. Dá mbeadh sibh féin anseo an oíche chéanna thuigfeadh sibh an fáth a bhfuil hallaí beaga agus móra líonta acu le tríocha bliain.

Chasadar ar feadh uair an chloig, go dtí a deich a chlog, am a raibh an clog Big Ben ag bualadh ó thuaidh dínne i Westminster, W1. Creid uaimse go raibh croíthe an tslua ag bualadh níos sciobtha an oíche sin!

Amach le Shane McGowan agus a chuid Pogues. Cheapfá gur crith talún a bhí anseo leis an rírá agus ruaille buaille!

Thugadar an slua siar ar bhóthar na smaointe, na mílte bliain i stair na hÉireann. Thosaíodar le 'Sickbed of Cú Chulainn', agus níos déanaí chasadar 'Éamann an Chnoic'.

Agus ní fhéadfainn mo pheann a leagan uaim gan cur síos ar an amhrán 'Thousands are Sailing'. Mar atá a fhios agaibh, a léitheoirí críonna, is dán é seo faoin imirce le linn an Ghorta Mhóir (1845).

Le teacht níos gaire don bhaile, chas an dá ghrúpa le chéile 'Biddy Mulligan' do Chathair Chultúrtha na hEorpa ar an Life, 1991. Chríochnaíodar an oíche le buíochas a ghlacadh don slua síochánta a choinnigh an bhratach 'Fáilte' ag seoladh.

Scaip an slua ar nós ceo draíochta i gciúnas na hoíche, ach bhí a gcluasa lán le macalla binn na cláirsí.

Le cúnamh Dé, ní bheimid ag fanacht deich mbliana eile leis na ceoltóirí cliste seo a aontú faoin díon céanna!

---

Cá raibh an cheolchoirm seo?
Cé mhéad duine a bhí ann?
Cé a bhí ag seinm?
Cé mhéad ceoltóir sna Chieftains?

Cén t-am a thosaigh na Chieftains?
Cén t-am a thosaigh na Pogues?
Cén post atá ag Shane McGowan?
Cén amhráin a chan na Pogues?

**10.15 Freagair na ceisteanna.**

Cé hiad an grúpa seo?
Cé mhéad ceoltóir sa ghrúpa?
Céard tá ar siúl acu?
Cén áit?
Cén dáta?
Cé mhéad a bhí ar na ticéid?
Cén t-am a thosaigh an cheolchoirm?
Ainmnigh na huirlisí atá sa phictiúr.

An Ceoláras Náisiúnta
**Ceolchoirm traidisiúnta**
THE CHIEFTAINS
6ú Deireadh Fómhair
8 i.n.   Ticéid £6

**10.16. Fíor nó bréagach? Cuir tic ( ✓ ) sa bhosca cuí.**

|  | *Fíor* | *Bréagach* |
|---|---|---|
| Séideann tú droma. | ☐ | ☐ |
| Séideann tú feadóg. | ☐ | ☐ |
| Seinneann Mary Black giotár. | ☐ | ☐ |
| Is grúpa traidisiúnta iad na Pogues. | ☐ | ☐ |
| Is grúpa traidisiúnta iad na Chieftains. | ☐ | ☐ |
| Seinneann Christy Moore an pianó. | ☐ | ☐ |
| Is pop-amhránaí é Pavarotti. | ☐ | ☐ |
| Is bainisteoir í Mary Black. | ☐ | ☐ |
| Is é Bono príomhamhránaí U2. | ☐ | ☐ |

Scríobh an leagan ceart de na habairtí bréagacha.

**10.17 Faigh an focal corr.**
vióla, veidhlín, pianó, cláirseach, giotár
Bono, Shane McGowan, Christy Moore, Madonna
caiséad, ceirnín, dlúth-cheirnín, fístéip
veidhleadóir, bainisteoir, amhránaí, drumadóir

**10.18** Féach ar an bpictiúr seo. Bhí do dhearthair ann. Cad a tharla?

**10.19** Bhí coirm cheoil i do scoil. Scríobh deich n-abairt faoin oíche.

Ceoilchoirm
Scoil Éanna
ar Aoine 28ú
8.00 i.n.
ticéid £2.00
**Bí ann**

# AONAD 11
# ÉADAÍ

## ■ Cleachtaí Bunaithe ar an Téacs

**11.1 Éist leis an téip agus bailigh an t-eolas. [Téacsleabhar, lch 191.]**

MÍR 1

|  | Ball éadaigh | Toisí | Laghdaithe ó | Praghas anois |
|---|---|---|---|---|
| Sciortaí olla |  |  |  |  |
| Brístí deinim |  |  |  |  |
| Blúsanna cadáis |  |  |  |  |
| Mionsciortaí |  |  |  |  |
| Cótaí báistí |  |  |  |  |
| T-léinte |  |  |  |  |
| Brístí snámha |  |  |  |  |

**11.2 Éist leis an téip agus bailigh an t-eolas. [Téacsleabhar, lch 195.]**

MÍR 2

| Cén fáth a bhfuil Seán sa siopa? | Tá sé ag gearán | ☐ |
|---|---|---|
|  | Tá sé ag ceannach seaicéid | ☐ |
|  | Tá sé ag triail seaicéid | ☐ |
| Cad a bhí briste? | na cnaipí | ☐ |
|  | an crios | ☐ |
|  | an sip | ☐ |
| Cad a tharlóidh? | Deiseoidh an siopadóir an sip | ☐ |
|  | Cuirfidh sé an seaicéad sa bhosca bruscair | ☐ |
|  | Cuirfidh sé an seaicéad go dtí na déantóirí | ☐ |

Tá seaicéad toise 36 sa siopa. Cén dath atá air?

Beidh an seaicéad ar ais tar éis     6 sheachtain ☐

4 sheachtain ☐

3 sheachtain ☐

**11.3 Fíor nó bréagach? Cuir tic ( ✓ ) sa bhosca cuí. [Téacsleabhar, lch 195.]**

|  | *Fíor* | *Bréagach* |
|---|---|---|
| Thug an siopadóir an t-airgead ar ais do Sheán. | ☐ | ☐ |
| Níl aon teileafón ag Seán. | ☐ | ☐ |
| Cheannaigh Seán an seaicéad sa sladmhargadh. | ☐ | ☐ |
| Chaill Seán an admháil. | ☐ | ☐ |
| Ní féidir an sip a dheisiú. | ☐ | ☐ |

**11.4 Líon na bearnaí. [Téacsleabhar, lch 195.]**
Tá an sciorta níos _____ ná an T-léine.
Tá an blús níos _____ ná an bríste.
Tá an geansaí níos saoire ná …
Tá an seaicéad níos daoire ná …
Tá an bríste níos saoire ná …
An seaicéad an ball éadaigh is daoire sa siopa.
An T-léine an ball éadaigh is saoire sa siopa.

**11.5 Éist leis an téip agus bailigh an t-eolas. [Téacsleabhar, lch 197.]**

🔲 **MÍR 3**

Tá Edel ag lorg gúna ☐ bríste ☐ sciorta ☐
Cén sórt sciorta atá uaithi?
Bhí toise \_\_\_\_ rómhór. Praghas:
Cheannaigh sí toise \_\_\_\_.
D'fhág sí an sciorta nua uirthi ☐ / Chuir sí an sciorta nua sa mhála ☐.

**11.6 Léigh na fógraí, agus cuir na praghsanna sna boscaí. [Téacsleabhar, lch 199.]**

| Déantóir | Bróga | Stocaí |
|---|---|---|
| Ravel<br>Laura Ashley<br>Pineapple<br><br>Marks and Spencers | A:<br>B: | <br><br><br><br>A:<br>B: |

**11.7 Obair le déanamh. [Téacsleabhar, lch 199.]**

Tá na stocaí ó Marks and Spencers níos _____ ná na stocaí ó Laura Ashley.

Tá na stocaí ó Laura Ashley níos _____ ná na stocaí ó Marks and Spencers.

Tá na bróga ó Pineapple A níos _____ ná na bróga le Ravel.

Tá na bróga le Pineapple A níos _____ ná na bróga le Pineapple B.

Tá na bróga le Laura Ashley níos _____ ná na bróga le Ravel.

Tá na bróga le Laura Ashley daor. (£12.95)

Tá na bróga le Pineapple A níos daoire. (£16.99)

Is iad na bróga le Pineapple B na bróga is daoire. (£29.99)

Tá na bróga le Pineapple A saor. (£16.99)

Tá na bróga le Laura Ashley níos saoire. (£12.99)

Is iad na bróga le Ravel na bróga is saoire. (£9.99)

**11.8 Líon na bearnaí. [Téacsleabhar, lch 199.]**

Is iad na bróga le Ravel na bróga is _____ atá ann.

Is iad na bróga le Pineapple B na bróga is _____ atá ann.

Is iad na stocaí le Laura Ashley na stocaí is _____ atá ann.

Is iad na stocaí le Marks and Spencers na stocaí is _____ atá ann.

# ■ Cleachtaí Dul Siar

**11.9 Freagair na ceisteanna.**
**Fógra ó 'Garda Patrol'**
Tá na Gardaí i gCo. Dhún na nGall ag lorg eolais faoi éadaí galánta a sciobadh ó shiopa éadaí i lár bhaile Leitir Ceanainn Dé hAoine seo caite. Fuarthas veain na ngadaithe i nGaillimh, ach níl tásc ná tuairisc ar na héadaí.

Goideadh gúnaí dearga, blúsanna bána le bónaí lása, brístí deinim, agus fiche casóg leathair.

Má tá aon eolas ag aon duine, ba chóir glaoch a chur ar na Gardaí i Leitir Ceanainn, ag an uimhir (074) 22222.

(*a*) Sciobadh    málaí    ☐

                sciortaí    ☐

                toitíní    ☐

                éadaí    ☐

(*b*) Cár sciobadh iad?

(*c*) Cá bhfuarthas veain na ngadaithe?

(*d*)

|  | Fíor | Bréagach |
|---|---|---|
| Goideadh blúsanna le bónaí. | ☐ | ☐ |
| Ba chóir glaoch ar an ospidéal. | ☐ | ☐ |
| Goideadh gúnaí buí. | ☐ | ☐ |

**11.10 Aimsigh an focal corr.**
nua-aimseartha, seanfhaiseanta, seanaimseartha, as dáta
leathbhearrtha, slíoctha siar, stílithe, giobalach, sciorta
micreafón, ardán, mainicín, iasc, spotsoilse
fógróir, iriseoir, mainicín, siopadóir, garda
cabhrach, drochbhéasach, tuisceanach, cineálta
seomra gléasta, scáthán, búistéir, ráille blúsanna, sciortaí
blús, sciorta, cóta, léine oíche, geansaí

**11.11 Cuir lipéid ar na héadaí seo.**

**11.12 Cuir lipéid ar na héadaí spóirt.**

## 11.13 Obair scríofa.

(a) Beidh Máire ag dul ar snámh tar éis na scoile—cad a chaithfidh sí?

(b) Tá Scoil Mhuire ag teacht chuig Coláiste Iósaif ar a ceathair a chlog le haghaidh cluiche camógaíochta. Leag amach an feisteas spóirt a chaithfidh an dá scoil.

(c) Pósadh na bliana: Liz Taylor agus Larry Fortensky. Úsáid do shamhlaíocht agus inis faoi na héadaí a chaith an bheirt acu.

(d) Tagann Pat O'Mahony ó 'Head to Toe' chuig do scoil. Tá sé ag iarraidh ar na daltaí a n-éide scoile a athrú agus dearadh nua a chruthú. Cum an dearadh nua, agus déan cur síos air dó; m.sh. inis faoin stíl; inis faoi lochtanna na seanéide; cén fáth ar roghnaigh tú na dathanna?

(e) Tá a fhios ag cách go bhfuil André Agassi difriúil de bharr a fheistis leadóige. Déan cur síos ar a fheisteas leadóige, nó ar éadaí imreora leadóige eile a thaitníonn leat.

## 11.14 Freagair na ceisteanna.

---

SIOPA ÉADAÍ UÍ NÉILL

*Sladmhargadh mór tar éis na Nollag*

Brístí deinim £19.99   £10.99

Sciortaí olla £34.99   £19.99

Geansaithe £25.95   £14.95

Blúsanna £21.95   £10.99

Scaifeanna olla £8.99   £5.95

Mitíní £3.99   £1.99

Léinte oíche £13.99   £8.95

Cótaí báistí £2.25

Ag tosú ar 9:30 r.n. ar an Luan 30 Nollaig

*Bí ann do na margaí is fearr!*

---

Cá raibh an fógra seo?

Cén lá, meas tú?

Cén t-am a thosóidh an sladmhargadh?

Cén praghas a bhí ar bhlúsanna roimh Nollaig?

Cén praghas atá ar scaifeanna anois?

Cheannaigh Nóra bríste deinim, geansaí agus mitíní roimh Nollaig. Cé mhéad a chaith sí?

Cheannaigh Bríd na rudaí céanna tar éis na Nollag. Cé mhéad a chaith sí?

Tusa an fógróir i siopa éadaí Uí Néill. Scríobh amach an fógra don sladmhargadh.

_____ laghdaithe ó _____ go _____.

## 11.15 Déan an crosfhocal.

1. An duine a bhíonn sa siopa ag cabhrú leat.
2. Ní chaitheann fear é!
3. Caithfidh tú féachaint air sula gceannóidh tú aon rud.
4. Cuir ar do cheann é.
5. I sciorta, cosúil le bosca ceoil.
6. Mianach éadaí.

## 11.16 Scríobh nó léirigh an comhrá.

(a) Bean ag ceannach éadaí dá páistí um Nollaig.

(b) An chéad lá mar fhreastalaí i siopa éadaigh (ag insint dá cara faoi).

(c) Cailíní ag tabhairt éadaí stróicthe ar ais go dtí an siopa.

(d) Beirt bhan seanaimseartha ag caint faoi fhaisean an lae inniu.

(e) Cailín ag iarraidh sciorta cúng a chur uirthi sa siopa—í ag caint leis an bhfreastalaí.

(f) Fear ag iarraidh bronntanas a cheannach dá bhean chéile gan fhios di.

(g) Seanbhean ag iarraidh gúna a cheannach di féin ach tá an stíl imithe as faisean leis na blianta.

## 11.17 Aimsigh mianach éadaí sa lúbra (síos, suas, nó trasna).

| N | S | D | N | R | T | I | T | S | C |
|---|---|---|---|---|---|---|---|---|---|
| Í | N | E | N | B | S | E | B | E | A |
| O | A | I | A | O | V | A | R | L | D |
| L | S | N | L | D | A | D | É | L | Á |
| Ó | C | I | O | D | E | O | I | Ó | S |
| N | I | M | E | A | I | Í | D | R | N |
| G | T | R | C | A | D | S | Í | S | A |
| I | C | O | R | D | A | A | N | R | Í |
| L | E | A | T | H | A | R | O | M | S |

svaeid
olann
níolón
deinim
bréidín
sról
síoda
cadás
corda an rí
leathar

## 11.18 Freagair na ceisteanna.

Chonaic tú Uachtarán na hÉireann, Máire Mhic Róibín, ar an teilifís le déanaí.

(a) Cá raibh sí?

(b) Cén fáth a raibh sí ann?

(c) Déan cur síos ar na héadaí a chaith sí.

**11.19 Taispeántas faisin.**

Tusa an fógróir. Déan pictiúr den mhainicín.
Déan cur síos ar na héadaí atá uirthi.


**11.20 Féach an pictiúr seo. Déan cur síos ar na héadaí.**

Úsáid na focail seo:
trom, dorcha, fada, duairc.

Féach an pictiúr seo. Déan cur síos ar na héadaí. Úsáid na focail seo:
faiseanta, geal, éadrom, compordach.

Féach an déagóir.
(a) Tusa a mháthair. Cad a cheapann tú faoi?
(b) Tusa a chailín. Tá tú i ngrá leis. Cad a cheapann tú faoi?

**11.21 Is mór idir inné agus inniu! Aimsigh deich ndifríocht idir an dá phictiúr seo.**

**11.22 Bhí tú ag an dioscó seo. Inis dúinn cad a tharla.**

**11.23 Léigh an giota agus freagair na ceisteanna.**

---

# OÍCHE COIS TINE

## ag Teach Siamsa na Carraige

**Dé hAoine, 9:00 r.n. (Iúil agus Lúnasa)**
**Carraig**—sé mhíle ón Daingean, idir Muiríoch agus Feothanach.
Ionad taighde is traenála do Shiamsa Tíre (Amharclann Tíre Náisiúnta na hÉireann) is ea Teach Siamsa na Carraige. Síolraíonn obair na ceardlainne ó dhúchas ársa an cheantair.
Gach Aoine ar a naoi bailíonn siamsóirí óga—leanaí na háite atá ag freastal ar an gceardlann feadh na bliana—cois na tine, agus tré mheán ceoil, amhrán agus rince, scéalaíochta, filíochta agus drámaíochta, cuireann siad sean-nósanna agus traidisiún dúchasach Corca Dhuibhne ina steilleadh bheatha romhainn.
Bhí fáilte riamh roimh an gceoltóir agus an damhsóir i láthair cuideachta, agus is amhlaidh i gcónaí é sa Teach Siamsa. Mar sin beir leat an fhidil nó an bosca agus bí linn cois na tine istoíche Dé hAoine ag Teach Siamsa na Carraige ar a naoi.

**Cead isteach: £2.**
**Gach eolas: (066) 23055.**

---

Cá bhfuil an Teach Siamsa?
Cad a bhíonn ar siúl ag an oíche cois tine ar an Aoine?
An mbíonn pop-cheol nó ceol traidisiúnta ann?

Cén uirlisí ceoil atá luaite?
Cén t-am a thosaíonn an oíche?
Cé mhéad atá ar na ticéid?

# AONAD 12
# BIA

◆———◆

## ■ Cleachtaí Bunaithe ar an Téacs

**12.1 Éist leis an téip agus bailigh an t-eolas. [Téacsleabhar, lch 206.]**

🔲 **MÍR 1**

Cá bhfuil na daoine seo? Ag dioscó ☐ i mbialann ☐ i mbeár ☐.
Cad a íosfaidh Áine?
Cén glasraí a bheidh aici?
Cad a íosfaidh Tadhg?
Cad a ólfaidh siad?

**12.2 Éist leis an téip agus líon na bearnaí. [Téacsleabhar, lch 208.]**

🔲 **MÍR 2**

Ubh scrofa ar _____ _____ do bheirt.
**Ábhar**
4 _____
3 _____ _____
_____ peirsil
_____
Leathunsa _____
Gráinne _____

**12.3 Déan suirbhé sa rang. [Téacsleabhar, lch 209.]**
Tá an rang ag dul go dtí cluiche i gCorcaigh. Faigh amach cén sórt ceapaire ba mhaith leo.

```
10
9
8
7
6
5
4
3
2
1
```
   banana  sicín  trátaí  cáis  uibheacha  turcaí  mairteoil  sailéad  bradán

*B'fhearr le _____ ceapaire sicín.*
*B'fhearr le _____ ceapaire bradáin.*

**12.4 Déan suirbhé sa rang. [Téacsleabhar, lch 211.]**
Cad ba mhaith leis na daltaí i sailéad?

```
10
9
8
7
6
5
4
3
2
1
```
   biatas  uibheacha  cúcamar  prátaí  oinniúin  leitís  trátaí  sicín  cáis  liamhás  turcaí  bradán

Ba mhaith le _____ sailéad sicín.        Ba mhaith le _____ sailéad cáise.

●

**12.5 Éist leis an téip agus bailigh an t-eolas. Déan fógra. [Téacsleabhar, lch 211.]**

🔊 MÍR 3

_____ Ó Súilleabháin
Siopa taistil
gach _____, _____, agus _____
ag tosú i mBaile an Droichid
ar a _____ _____ a chlog

Na glasraí
Na torthaí
Am:
Laethanta:

**12.6 Freagair na ceisteanna. [Téacsleabhar, lch 211.]**

🔊 MÍR 4

Cá mbeidh na ranganna cócaireachta?  sa halla ☐

sa chlochar ☐

in óstán ☐

sa phobalscoil ☐

Béilí  do sheandaoine ☐

do ghlasaránaigh ☐

do leanaí ☐

Ag tosú ar an _____ ó _____ i.n. go dtí _____ i.n.

In Óstán an Chnoic beidh  taispeántas ealaíne ☐

taispeántas cócaireachta ☐

taispeántas faisin ☐

Bia:  caoireoil ☐

iasc ☐

bagún ☐

cácaí Nollag ☐

Oíche _____, ag tosú ar _____ i.n.

●
146

**12.7 Éist leis an téip agus bailigh an t-eolas. [Téacsleabhar, lch 216.]**

MÍR 5

Baile an Droichid:    baile iascaireachta ☐

                       baile turasóireachta ☐

                       baile feirmeoireachta ☐

                       baile tionsclaíochta ☐

Bíonn na bialanna go léir ☐ cuid acu ☐ dúnta sa gheimhreadh

Cá bhfuil an bhialann nua?

Bialann         Spáinneach ☐

               Iodáileach ☐

               Mheicsiceach ☐ atá i gceist

Beidh sí ar oscailt ó _____ r.n. go dtí _____ i.n.

Beidh sí dúnta ar an _____

Beidh suipéar ☐ dinnéar ☐ praghas speisialta ☐ ar fáil idir 5:00 agus 6:00 i.n.

Níl aon spás páirceála ag an mbialann ☐

Tá na béilí an-daor ann ☐

# ■ Cleachtaí Dul Siar

**12.8 Cuir lipéid ar na rudaí seo sa chistin.**

**12.9 Déan an crosfhocal.**

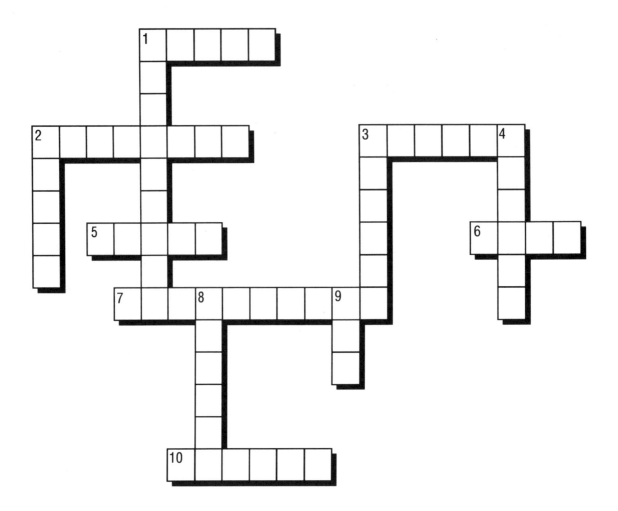

*Trasna*
1. Ólann tú tae as.
2. Cuireann tú bainne ann.
3. Corraíonn tú an tae leis.
5. Mairteoil, uaineoil, bagún, srl.
6. Cuireann tú im ann.
7. Itheann tú é ar maidin.
10. Coimeádann tú iad sa chófra nó sa drisiúr.

*Síos*
1. Coimeádann tú uachtar reoite ann.
2. Coimeádann tú na gréithe tí ann.
3. Forc—forcanna; scian—?
4. Ólann tú deoch as.
8. Is féidir uisce a bheiriú ann.
9. — no caife? Caife, le do thoil.

**12.10 Foghlam an stór focal ón téacsleabhar ar dtús. Ansin scríobh an focal ceart.**

**An chistin**

(a) Déanann tú tósta ann.

(b) Coimeádann sé an bia úr.

(c) Déanann tú tae ann.

(d) Triomaíonn tú do lámha leis.

(e) Níonn tú na gréithe ann.

(f) Feiceann tú an t-am air.

(g) Bácálann tú arán ann.

(h) Beiríonn tú uisce ann.

(i) Iompraíonn tú rudaí air.

(j) Coimeádann tú na sceana, na forcanna agus na spúnóga ann.

**12.11 Aimsigh an bia.**

Foghlaim na focail on téacsleabhar ar dtús. Ansin aimsigh na focail (síos, suas, nó trasna).

| M | A | I | R | T | E | O | I | L | R | Ó | S | T | A |
|---|---|---|---|---|---|---|---|---|---|---|---|---|---|
| E | A | U | L | L | T | U | R | C | A | Í | I | R | O |
| A | B | R | I | U | F | L | A | G | B | L | C | Á | I |
| C | E | S | O | T | B | I | M | R | H | E | Í | T | N |
| A | T | C | L | G | S | H | A | E | T | I | N | A | N |
| I | M | E | C | N | G | D | L | O | B | T | F | Í | I |
| N | I | A | R | S | A | L | G | T | A | E | A | N | U |
| B | T | L | I | N | U | I | R | I | S | I | U | M | N |
| H | O | L | P | A | S | E | A | D | Ó | G | D | T | L |
| Á | R | Ó | C | M | D | T | B | M | A | A | O | L | I |
| N | N | G | H | R | S | C | R | T | E | B | U | S | O |
| A | A | A | O | Í | F | U | S | L | H | G | I | P | E |
| P | P | D | A | N | S | O | I | E | O | L | A | B | N |
| R | A | C | N | Í | T | A | M | I | I | H | S | U | I |
| Á | O | A | P | P | S | S | P | O | C | P | G | R | A |
| T | R | G | M | S | I | M | C | A | D | A | O | C | U |
| A | N | R | A | I | T | H | L | N | B | R | E | A | C |

**12.12 Pioc amach an focal corr.**

doirteal, leaba, cuisneoir, friochtán
spúnóga, sceana, forcanna, cupáin
arán, sú oráiste, caife, tae
mairteoil, caoireoil, cabáiste, uaineoil
cáis, sméara dubha, seadóg, caora fíniúna

**12.13 Cuir lipéid ar na pictiúir seo.**

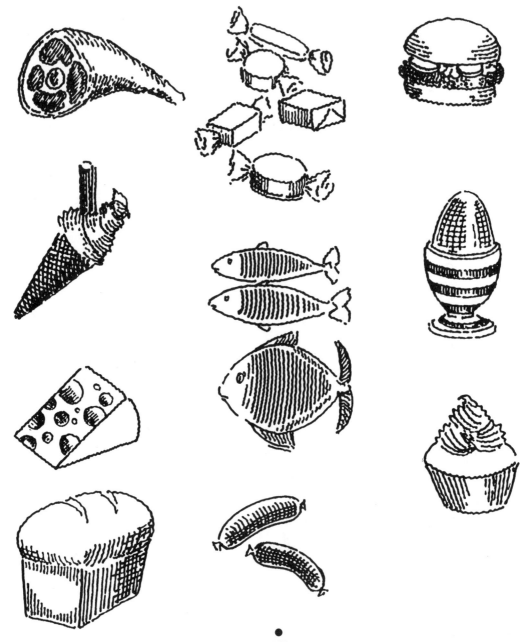

**12.14 Foghlaim ainmneacha na dtorthaí as an téacsleabhar. Tá cúpla ceann breise anseo. An féidir leat na hainmneacha cearta a chur leo?**

piorra
sú talún
oráiste
líomóid
anann
úll
cnó cócó
sú craobh
banana
caora fíniúna

**12.15 Cuir an siopa agus an t-ainm le chéile.**

Siopa an bhúistéara
Siopa crua-earraí
Siopa torthaí
Síopa éisc
Síopa milseán
Síopa an bháicéara

**12.16 Féach ar an ngraf agus scríobh amach an t-eolas.**
**Is maith leo glasraí agus torthaí!**

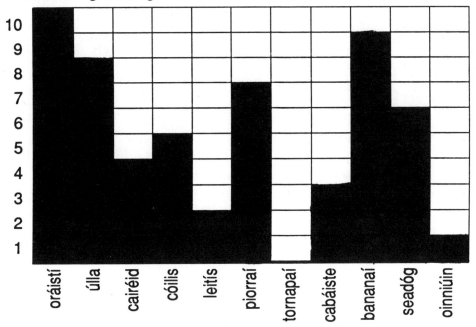

Graph categories: oráistí, úlla, cairéid, cóilis, leitís, piorraí, tornapaí, cabáiste, bananaí, seadóg, oinniúin

**12.17 Líon na bearnaí ar an mbiachlár seo.**

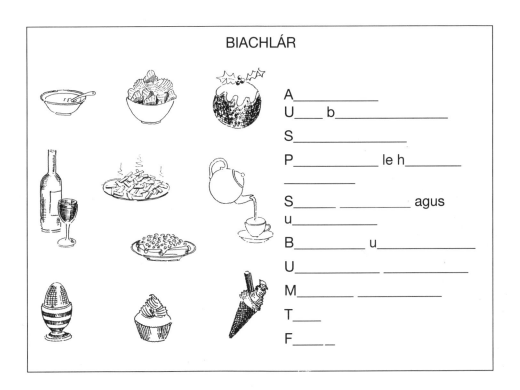

BIACHLÁR

A_____
U____ b_____
S_____
P_____ le h_____
_____
S_____ _____ agus
u_____
B_____ u_____
U_____ _____
M_____ _____
T___
F_____ _

**12.18 Freagair na ceisteanna.**

---

Óstán Uí Mheára
Ros Cré
Teileafón: (0505) 21450
BIACHLÁR

| | |
|---|---|
| Sú oráiste | Sicín rósta |
| nó | nó |
| Seadóg | Gríscíní muiceola |
| | nó |
| Anraith glasraí | Bradán bácáilte |
| nó | |
| Anraith sicín | Cairéid |
| | Piseanna |
| | Cóilis |
| | |
| | Císte na Foraise |
| | Duibhe |
| | nó |
| | Císte cáise |

Tae nó caife
Praghas £9.50
Dinnéar ó 6:30 go 9:30 i.n.

---

Cad é an rogha atá ar an mbiachlár don ghreadóg?

Cad iad na glasraí atá ar an mbiachlár?

Cad tá ann don mhilseog?

An bhfuil iasc ar an mbiachlár?

Dá mbeadh tusa san óstán cad a bheadh agat ón mbiachlár seo?

Cá bhfuil an t-óstán seo?

Cad é an uimhir theileafóin?

Cé mhéad a chosnaíonn an dinnéar seo?

Cén t-am a mbíonn dinnéar le fáil?

## 12.19 Aimsigh an focal corr.

banana, oráiste, tornapa, leitís

uachtar reoite, císte na Foraoise Duibhe, cabáiste, toirtín úll

ubh scrofa, ubh fhriochta, tornapa, ubh bheirithe

bagún, liamhás, caoireoil, slisní bagúin

## 12.20 Cuir na pictiúir in ord agus scríobh an scéal.

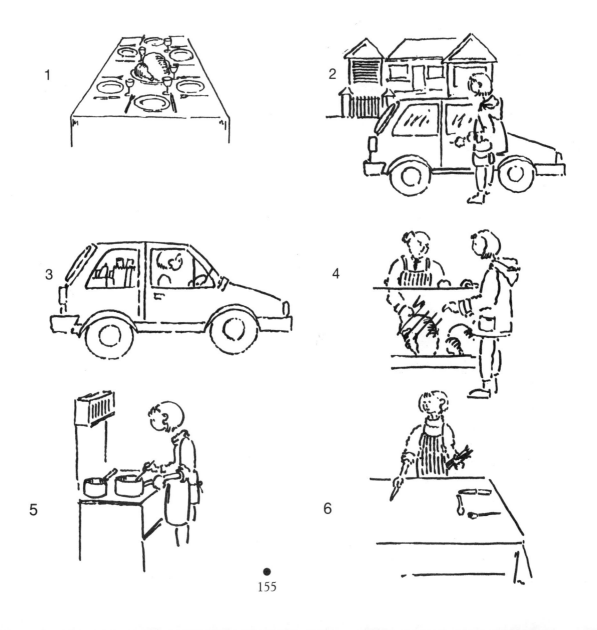

**12.21 Cuir abairt le gach pictiúr.**

Tugtar na glasraí go dtí an siopa glasraí.
Itheann daoine glasraí leis an dinnéar.
Beiríonn Daidí na glasraí don dinnéar.
Ullmhaíonn an feirmeoir an gort do na
  glasraí.
Fásann na glasraí sa samhradh.
Ceannaítear na glasraí sa siopa glasraí.

Cuireann an feirmeoir síolta na nglasraí sa
  ghort.
Baintear na glasraí agus cuirtear i málaí
  iad.
Nítear na glasraí agus glantar iad.

**12.22 Léigh an scéal seo agus freagair na ceisteanna.**

Bhuail an teileafón.

'Haló, 21454,' arsa Mamaí.

'Haló, Máire Áine anseo. Beidh mé i mBaile Átha Luain amárach ar a dó a chlog. Tiocfaidh mé ar cuairt chugat tráthnóna.'

'Ó, go hiontach, a Mháire Áine,' arsa Mamaí. 'An mbeidh éinne leat?'

'Ní bheidh. Tá gnó le déanamh agam sa bhaile mór, agus beidh mé i m'aonair.'

'Beidh sé go breá,' arsa Mamaí.

'Slán go fóill,' arsa Máire Áine.

Baineadh geit as Mamaí nuair a chuala sí a deirfiúr ar an teileafón. Ní raibh sí ag súil le cuairteoirí, agus ní raibh aon rud sa teach le n-ithe. Ghlaoigh sí ar Sheán.

'A Sheáin, caithfidh tú dul go dtí an t-ollmhargadh agus roinnt siopadóireachta a dhéanamh. Déan liosta,' arsa Mamaí.

'Cad tá uait?' arsa Seán.

'Tá siúcra agus im ag teastáil. B'fhéidir go mbeadh Máire Áine anseo don dinnéar amárach. Caithfidh tú cairéid agus cóilis a fháil. Tá go leor prátaí againn. Téigh go dtí siopa an bhúistéara ansin agus faigh sicín— ceann breá mór.'

'An bhfuil cáca milis nó brioscaí uait?' arsa Seán. (Is maith le Seán rudaí milse.)

'Ní dóigh liom go bhfuil. Tá uachtar reoite agam, agus beidh sé againn le toirtín úll. Faigh paicéad brioscaí duit féin, áfach, a stór,' arsa Mamaí.

'Anois, a Mham, an bhfuil aon rud eile uait?' arsa Seán.

'Ní dóigh liom é. Bí cúramach ar an rothar. Seo duit an t-airgead, agus ná bí i bhfad.'

'Slán go fóill,' arsa Seán.

Cé a bhí ag caint le Mamaí ar an
   teileafón?
Cá mbeidh sí ar a dó a chlog?
Cá mbeidh sí tráthnóna?
Cé a bheidh léi?
Cé a bhí sa teach le Mamaí?
Cá raibh cónaí ar Mhamaí agus Sheán?

Cad a bhí ar an liosta siopadóireachta?
Cén siopaí a rachaidh Seán chucu?
Cén bia is maith le Seán?
Conas a chuaigh Seán go dtí an siopa?
Scríobh an biachlár don bhéile a bhí acu
   le Máire Áine.

**12.23 Cuir abairt le gach pictiúr.**

**12.24 Léigh an fógra raidió seo agus ansin freagair na ceisteanna.**
Beidh bácús nua ag oscailt i Sráid na Trá, Baile an Teampaill, an Aoine seo chugainn.
Is é Dónall Ó Nualláin an báicéir, agus is í a bhean chéile, Eibhlín, a bheidh i bhfeighil
an tsiopa. Beidh an siopa ar oscailt ó 10:00 r.n. go dtí 6:00 r.n., sé lá sa tseachtain.
Beidh arán donn agus bán ar díol ann, cácaí milse de gach saghas, agus píóga.
Glacfar le horduithe do chácaí lá breithe agus bainise. Gach eolas ón uimhir 30792.

Cé leis an bácús?
Cé a bheidh i bhfeighil an tsiopa?
Cad a bheidh ar díol ann?
Cén t-am a bheidh sé oscailte?
Tá cáca lá breithe uait. Scríobh an comhrá teileafóin idir tú féin agus Eibhlín.

# Bácús Uí Bhaoill

*le Maitiú Ó Murchú*

Ag caitheamh a shúl thart do Sheán Ó Baoill roinnt blianta ó shin, rith sé leis go bhféadfadh margadh a bheith ann don mhilseogra báicéireachta. Tá cónaí air in aice Loch Eric, Baile na Finne, agus is beag iarracht a rinneadh roimhe tionscal a bhunú sa cheantar. D'fhéadfá a rá gur talamh bán a bhí á treabhadh aige.

I 1984 bunaíodh Bácús Uí Bhaoill i bhfoirgneamh beag ag taobh theach cónaithe Sheáin. Triúr a chuaigh i mbun oibre an chéad lá: Bríd, a bhí i mbun bácála, Mícheál, a bhí i gceannas dáilte, agus Seán, a bhí ag riaradh an ghnó.

Go gairid i ndiaidh a bhunaithe bhí margadh ar fud an chontae aimsithe ag Bácús Uí Bhaoill.

Bhí ráchairt ón chéad lá ar earraí an bhácúis, agus de bharr chomh gasta agus a mhéadaigh an t-éileamh ní raibh i bhfad gurbh éigean cur leis an fhoirgneamh.

Sa lá inniu bíonn trí oigheann ag obair sa bhácús, seacht lá na seachtaine.

Taobh istigh de bhliain ó dháta a bhunaithe bhí duine eile fostaithe ag an chomhlacht. Tá an fhostaíocht ag méadú go rialta ó shin, agus inniu tá cúig dhuine dhéag fostaithe, agus sa samhradh fostaítear a thuilleadh.

Bíonn ceathrar ar an bhealach ag dáileadh na n-earraí. Téann siad chomh fada ó dheas le teorainn Cho. Mhaigh Eo agus isteach go Co. Liatroma chomh maith le Co. Dhún na nGall uilig a shiúl.

Cuireann Bácús Uí Bhaoill raon de seasca a cúig mhilseogra báicéireachta ar fáil. Ina measc tá píóg úill, spúinse, rollóg ispín, borróg charraigeach, cístí banríona, scona sóide, arán sinséir, bairín breac, císte Cásca, císte lá breithe, císte Nollag, císte bainise, agus earraí báicéireachta ar bith atá dúil ag an phobal a ordú.

*Seán Ó Baoill, úinéir Bhácúis Uí Bhaoill.*

*Seán Ó Gallchóir, na Gleanntaí, báicéir, i mbun oibre.*

*Mícheál Ó Baoill, a bhíonn i mbun dáilithe ar fud an chontae.*

*Bríd Ní Bhaoill, ag gearradh cearnóga úill.*

*Doiminic Ó Dónaill, an Clochán Liath, ag réiteach píóg úill don oigheann.*

*Séamas Mac an Bhaird, Gleann na nGleanntach, ag cur clúdaigh ar chístí milse. (Grianghraif: Stiúideo DWR, Gaoth Dobhair.)*

## Ceisteanna:

Cé leis an bácús seo?

Cad tá á dhéanamh ag Seán Ó Baoill sa phictiúr?

Cá bhfuil cónaí air?

Cathain a bunaíodh an bácús?

Cé mhéad duine a bhí ag obair ann an chéad lá?

Cé a bhí ag bácáil?

Inniu bíonn … oigheann ag obair … lá na seachtaine.

Cé mhéad duine ag obair (fostaithe) ann anois?

Bíonn daoine breise ag obair ann sa …

Cá ndíoltar na cácaí?

Cé mhéad duine a dháileann iad?

Cad a dhéantar sa bhácús?

Cén post atá ag Seán Ó Gallchóir?

Dáileann … cácaí ar fud an chontae.

Cad tá á dhéanamh ag Bríd Ní Bhaoill sa phictiúr?

Cad tá á dhéanamh ag Séamas Mac an Bhaird?

Cad tá á dhéanamh ag Doiminic Ó Dónaill?

Cé a scríobh an t-alt seo?

Cé a thóg na pictiúir?

Cá bhfuil an tionscail seo?

Cén teanga a labhraítear ann?

# AONAD 13

# AN SAMHRADH

## ■ Cleachtaí Bunaithe ar an Téacs

**13.1 Cén sórt duine a scríobh an t-alt seo? [Téacsleabhar, lch 218.]—**

| | | | |
|---|---|---|---|
| leisciúil | ☐ | feirmeoir | ☐ |
| aerach spraíúil | ☐ | saibhir | ☐ |
| duairc | ☐ | óg | ☐ |
| áthasach | ☐ | réadúil | ☐ |
| praiticiúil | ☐ | gnóthach | ☐ |
| idéalaíoch | ☐ | sean | ☐ |

Cuir fáth le gach freagra.

**13.2 Éist leis an téip agus bailigh an t-eolas. [Téacsleabhar, lch 222.]**

### MÍR 1

Tá teach    le díol ☐
        le tógáil ☐
        le ligint ar cíos ☐
        ag teastáil ☐

Tá an teach in aice le Dún Dealgan ☐     Tá an teach in aice   na farraige ☐
               Dún na nGall ☐                          na siopaí ☐
               Dún Chaoin ☐                          na scoile ☐

Cé mhéad seomra leapa sa teach?                na trá ☐

An mó mhíle ó na siopaí an teach?

**📼 MÍR 2**

Tá teach ar díol ☐  Cén áit?

ar cíos ☐  Cén t-am?  mí Lúnasa ☐

á lorg ☐  mí Iúil ☐

mí an Mheithimh ☐

Cén tseachtain?

Cé mhéad duine sa teaghlach?

**📼 MÍR 3**

Cad tá ar díol?

Cén áit?  i gCorcaigh ☐

i dTrá Lí ☐

i nGaoth Dobhair ☐

Tá áit chodlata ann do _____.

**📼 MÍR 4**

Cá bhfuil na postanna? i gCiarraí ☐ i gCeanada ☐ i gCorcaigh ☐

Cathain? Cén áit? in óstán ☐ ar na tránna ☐

Cén postanna iad? banaltraí ☐ gardaí ☐ fir tharrthála ☐ mná tarrthála ☐

Cén aois?

Cén sórt pá?

Cén sórt oibre?

**📼 MÍR 5**

Ainm an chomhlachta:
An post:
Dátaí: ón _____ lá de _____ go dtí lár _____
_____.
Seachtain _____ uair a chloig, le ____ _____ saor gach seachtain.

**▣ MÍR 6**

Cén sórt duine atá ag teastáil?
Cén aois?
Cén aois atá ag na páistí?    cailín ☐    buachaill ☐
Cá bhfuil an teach?
Cén t-am a thosóidh an obair gach lá?
Cén t-am a chríochnóidh sí tráthnóna?
Cá rachaidh an cailín san oíche?

**13.3 Éist leis an téip agus bailigh an t-eolas. [Téacsleabhar, lch 227]**

**▣ MÍR 7**

Ainm an óstáin:
Suíomh:
Líon seomraí:
Áiseanna:
Sórt lóistín:

**13.4 Bailigh an t-eolas faoi na coláistí samhraidh. [Téacsleabhar, lch 233.]**

| Ainm | Teileafón | Dátaí | Táille | Scoil lae / chónaithe | Aois |
|------|-----------|-------|--------|-----------------------|------|
|      |           |       |        |                       |      |

**13.5 Líon an fhoirm seo. [Téacsleabhar, lch 233.]**

## Foirm iarratais do Chúrsa Gaeltachta
### Ceannlitreacha amháin

Tréimhse:................................................

Ainm:....................................................

Sloinne:.................................................

Seoladh baile:.......................................

.............................................................

.............................................................

...................................................

Seoladh scoile:....................................

.............................................................

.............................................................

..............................................

An scoil chónaithe í?...........................

Rang: ...................................................

Dáta breithe: .......................................

An scrúdú poiblí is déanaí a dhein an dalta:....................................................

An marc a ghnóthaigh sé nó sí i nGaeilge:.............................................

Teileafón do thí: ...................................

nó uimhir eile chun teagmháil leat:..........

.............................................................

An stáisiún traenach a fhágfaidh tú:........

.............................................................

An bhfuil sé ar intinn agat rothar a thógaint leat?

.............................................................

*(Sa chás sin, cuir £10 leis an táille le haghaidh iompair.)*

An raibh tú ar aon chúrsa Gaeilge de chuid an chomharchumainn chéanna?

.............................................................

Má bhí, cén coláiste?

.............................................................

Cathain? ..............................................

Uimhir thagartha:

.............................................................

Ainm cara *amháin* le bheith ar lóistín leat:.....................................................

Táim toilteanach glacadh leis na rialacha atá leagtha síos ag Coláistí Chorca Dhuibhne.

Dáta:....................................................

Síniú an tuismitheora nó chaomhnóra:

.............................................................

Seol an fhoirm iarratais móide an éarlais £50 go dtí:

An Rúnaí

Na Coláistí Gaeilge

**13.6 Éist leis an téip agus bailigh an t-eolas. [Téacsleabhar, lch 233.]**

**MÍR 8**

Cá raibh Máire ar saoire?     sa tSeapáin ☐

in Éirinn ☐

sa Spáinn ☐

i bPáras ☐

An aimsir: bhí _____ agus _____ i rith an lae ach bhí sé _____ san oíche.


D'fhan sí     in óstán ☐

in árasán ☐

i gcarbhán ☐

Spórt: 1. _____ 2. _____ 3. _____.

Cá rachaidh Bean Uí Shé ar saoire?

Cathain?

**13.7 Fíor nó bréagach? Cuir tic ( ✓ ) leis an bhfreagra ceart. [Téacsleabhar, lch 236.]**

|  | *Fíor* | *Bréagach* |
|---|---|---|
| Bíonn comórtas Wimbledon ar siúl i mí na Bealtaine. | ☐ | ☐ |
| Is é Wimbledon an comórtas is cáiliúla sa leadóg. | ☐ | ☐ |
| Ní bhíonn mórán imreoirí maithe le feiscint ann. | ☐ | ☐ |
| Tá seacht gcúirt déag i Wimbledon. | ☐ | ☐ |
| Bíonn cluichí ar siúl ar feadh coicíse. | ☐ | ☐ |
| Is féidir torann a dhéanamh i rith cluiche. | ☐ | ☐ |
| Níl cead ceamara a úsáid nuair a bhíonn imreoirí ag imirt. | ☐ | ☐ |
| Bíonn an moltóir ina shuí ag bun na cúirte. | ☐ | ☐ |
| Bíonn cabhair ag an moltóir ó dhaoine eile ar an gcúirt. | ☐ | ☐ |
| Glacann John Mc Enroe i gcónaí le breith an mholtóra. | ☐ | ☐ |
| Itheann daoine picnic ar imeall na cúirte. | ☐ | ☐ |
| Ba mhaith le gach imreoir Wimbledon a bhuachan. | ☐ | ☐ |

●

**13.8 Cuir abairt le gach pictiúr.**

Chuaigh na cailíní ag imirt leadóige.
Tá duilleoga agus bláthanna ar na crainn sa ghairdín.
Is maith leis na buachaillí dul ag rothaíocht lá breá.
Bhí picnic ag an gclann sa choill.
Chuaigh an chlann ag snámh cois trá.
Tá na gamhna óga amuigh sa pháirc.


**13.9 Faigh an focal corr.**
duilleoga, bláthanna, sneachta, snámh
picnic, ag déanamh fir sneachta, snámh, leadóg
T-léine, miotóga, hata gréine, spéaclaí gréine
an trá, cúirt leadóige, sleamhnán, rothar

**13.10 Féach ar an bpictiúr agus freagair na ceisteanna.**

Cé mhéad duine atá ag snámh?
Cé mhéad duine san uisce?
Cá bhfuil na báid?
Cad tá á dhéanamh ag na páistí beaga?
Cad tá acu?
Cé atá ag imirt liathróide?

Déan cur síos ar an bhfear atá ina shuí.
Déan cur síos ar an bhfear atá ina luí.
Cad tá acu don phicnic?
Cad eile atá ar an bpluid?
Cén sórt aimsire a bhí acu?

## 13.11 Freagair na ceisteanna.

| |
|---|
| 21 Iúil 1993<br>Cluiche Ceannais na<br>Mumhan<br>Ciarraí v. Corcaigh<br>Staid an Ghearaltaigh<br>Cill Airne<br>3:30 i.n.<br>Ticéid £10 agus £7 |

Cé a bheidh ag imirt?
Cén t-am a thosóidh an cluiche?
Cá mbeidh an cluiche ar siúl?
Cén táille atá ag an ngeata?

Bhí tú ag an gcluiche thuas. Scríobh litir chuig do chara ag insint dó nó di faoin lá: conas a chuaigh tú; cé a bhí leat; cé a bhuaigh; cad a cheannaigh tú.

## 13.12 Cuir na pictiúir in ord agus inis an scéal.

**13.13 Líon na bearnaí sa scéal.**

An samhradh a bhí ann. Ní raibh aon scoil ag na déagóirí. Chuaigh Seán agus a

chairde cois  . D'imir sé féin agus Tomás  ar an

 . Chuaigh siad ag  tráthnóna.

Thriomaigh siad iad féin le  . Ansin chuaigh Dónall ag  :

. Fuair sé dhá  . Tháinig siad abhaile ar na  :

**13.14 Léigh an cárta poist seo agus freagair na ceisteanna.**

CÁRTA POIST

Beanntraí, Co. Chorcaí

Conas tá tú, a Úna? Tá an-spórt
anseo againn. Tá an aimsir an-
deas. Téimid ag snámh gach lá.
Bíonn dioscó gach oíche. Tá a lán
buachaillí deasa anseo.
Slán tamall.
            Grá,
                Áine

Una Ní Riain
Cnoc an Phiarsaigh
Tulach, Co. an CHLÁIR

Cé a scríobh an cárta seo?
Cá bhfuil sí?
Conas atá an aimsir?
Cad a dhéanann sí san oíche?

Tá tú ar chúrsa sa Ghaeltacht. Cuir cárta poist go dtí do chara. Inis dó nó di faoin
teach, an aimsir, agus an spórt a bhíonn agat.

**13.15 Tá do dheirfiúr ar chúrsa sa Ghaeltacht. Scríobh litir chuici agus inis di
faoin mbaile agus céard atá á dhéanamh agat féin.**

**13.16 Cuir lipéid leis na pictiúir seo.**

1

2

COLÁISTE MHICHÍL
Baile an Sceilg, Co. Chiarraí
Coláiste beag, 16 chiliméadar ó Chathair
Saidhbhín; teileafón (0667) 9133.
Cúrsaí do bhuachaillí agus chailíní 10–18
mbliana
7–29 Meitheamh 1993
2–25 Iúil 1993
*Rothar molta*

3

4

5

6

7

8

Teach ar cíos

Saoire rothaíochta

Ag campáil

Cúrsa sa Ghaeltacht

Gach eolas faoin cheantar ar fáil anseo

Iascaireacht loch

An trá

Lóistín, béilí, linn snámha, dioscó, beár

**13.17** Tá tú ag dul ar saoire cois trá ar feadh seachtaine. Déan liosta de na rudaí a thabharfaidh tú leat.

**13.18** Tá tú féin agus beirt chara ag campáil in aice na farraige. Déan biachlár do lá amháin: bricfeasta faoin aer; lón nó picnic faoin aer; suipéar faoin aer.

**13.19** Cuir na pictiúir in ord agus inis an scéal.

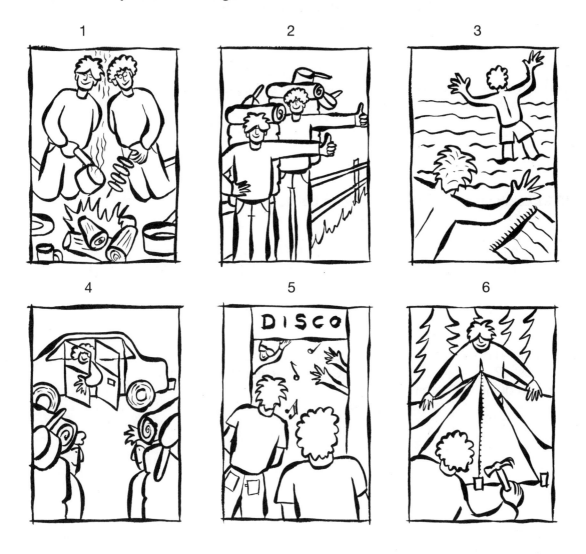

Úsáid na focail seo:
ag síobaireacht; marcaíocht; láthair champála; nuair a bhí an puball suite; ag snámh tráthnóna; réitigh siad béile.

**13.20 Léigh an fógra agus freagair na ceisteanna.**

---

POSTANNA SAMHRAIDH

Cailín cúig bliana déag ag teastáil chun cabhrú le clann aire a thabhairt do pháiste óg óna hocht ar maidin, seacht lá na seachtaine. Tá leaba agus bricfeasta ar fáil sa teach, agus beidh an cailín saor tar éis meán lae gach lá. Gach eolas ó Valerie Uí Mhurchú ag an uimhir 30791.

---

Cén post é seo?
Cén sórt duine atá ag teastáil?
Cathain a thosóidh an lá oibre?

Cathain a chríochnóidh an obair?
Cad tá ar siúl ag an gclann?

---

**13.21 Léigh an fógra agus freagair na ceisteanna.**

---

Buachaill ag teastáil le bheith i bhfeighil sa charrchlós cois trá sa Dúinín ó 1 Meitheamh go dtí 1 Meán Fómhair. Osclóidh an carrchlós ar a deich gach maidin go dtí a seacht a chlog tráthnóna. Gach eolas ó 32915.

---

Cá bhfuil an post seo?
Cén post é?
Cén sórt duine atá uathu?

Cén fhad a leanann an lá oibre?
Cén fhad a leanfaidh an post?

---

**13.22 Chuaigh tú ar thuras lae go dtí áit éigin shuimiúil. Scríobh litir go dtí do chara faoin turas.**

**13.23 Bhí tú ar saoire i dteach Mhamó. Tá tú sa bhaile anois. Scríobh cárta poist go dtí Mamó ag gabháil buíochais léi.**

**13.24 Líon an fhoirm iarratais ar phost in óstán.**

---

### FOIRM IARRATAIS: Ostán na Trá

Ainm agus sloinne: ....................................................................................

Dáta breithe: ..............................................................................................

Seoladh: ......................................................................................................

......................................................................................................................

......................................................................................................................

Saor ó scoil ón ................................... go dtí an ...................................

Post atá ag teastáil:

Taithí oibre:

ní gréithe ☐

cóiriú seomraí ☐

cóiriú leapa ☐

freastal sa bhialann ☐

obair ghlantacháin ☐

obair sa ghairdín ☐

cócaireacht ☐

díol sceallóga ☐

obair sa bheár ☐

Síniú: ................................................ Dáta: ...................................

---

**13.25 Is strainséir tú i gCathair na Mart. Tá tú san oifig thurasóireachta. Cuir deich gceist ar fhreastalaí na hoifige.**

**13.26 Tá tú ar saoire cois trá. Scríobh clár ama de na rudaí a dhéanfaidh tú amárach (spórt, béilí, cairde, dioscó, do chlann).**

**13.27** Chuaigh tú ag taisteal i gcarbhán le do chlann timpeall na tíre. Scríobh dialann faoin tsaoire (aimsir, béilí, áiteanna, cairde, spórt, caitheamh aimsire san oíche, caisleáin, óstáin.)

## ■ Obair bhreise: Cluastuiscint

**Éist leis an téip, agus bailigh an t-eolas.**

### Giota 1

Cé atá ag caint?
Cé hí Linda?
Cá rachaidh sí anocht?
Cé a bheidh ann?

### Giota 2

Cé atá ag caint?
Cá bhfuil siad?
Cá raibh Ciarán?
Cén sórt buachalla Ciarán?
Cé a chonaic é?
Cá raibh sé?

### Giota 3

Cé atá ag caint anseo?
Cén sórt í an cailín nua ag an gclub?
Cé hí féin?
Cad is ainm di?
Cé a bhí ar an mbus?

### Giota 4

Cad a cheannaigh Tomás inné?
Cén cluiche is maith leis?
Cad a cheannaigh Seán?
Cad a fuair Seán óna dheartháir?
Cá rachaidh na buachaillí amárach?
Cén t-am?
Cén fáth a raibh Tomás chun dul ar an mbus?

### Giota 5

Cá raibh na cailíní?
Cad a cheannaigh Máire?
Cén sórt é?
Cén sórt éide scoile atá ag Cynthia?
Cén sórt bróga is maith le Cynthia?
An maith le Máire Doc Marten's?
Conas a chuaigh Máire abhaile?

### Giota 6

Cén cluiche a bhí ar siúl?
Cén lá?
Cár chaith sí an oíche?
Cá bhfuil sí anois?
Cén fáth a bhfuil maidí croise aici?

### Giota 7

Cé atá ag caint?
Cén fáth ar tháinig an garda?
Déan cur síos ar an ngadaí.
Conas a d'éalaigh an gadaí?

### Giota 8

Cén liosta a rinne Síle?
Cad a gheobhaidh Mamó agus Daideo?
Cé a gheobhaidh leabhar staire?
Cad a gheobhaidh Tomás?
Cad a gheobhaidh Dónall?
Cén praghas atá ar chulaith reatha faiseanta?
Cad a bhí ina mála ag Mamaí?

## Giota 9

Cad tá ó Thomás?

Cén toise?

Conas a bhí an chéad phéire?

Cén praghas a bhí ar an dara péire?

Cad a cheap Tomás faoin bpraghas sin?

Ar cheannaigh sé na bróga?

Cén fáth?

## Giota 10

Cad tá cearr le Máire?

Cén fáth nach ndeachaigh sí go dtí an dochtúir?

Cad a thug an poitigéir di?

Cathain a thógfaidh sí iad?

An raibh siad daor?

## Giota 11

Cé atá ag caint?

Cé atá á lorg aici?

Cé a bhí sa teach?

Cá raibh Nóirín ag dul?

Cén uimhir atá ag Nóirín?

## Giota 12

Cad tá ag teastáil ón bhfear seo?

Cén áit ba mhaith leis?

Cén praghas a bhí ar na ticéid?

Cathain a bhaileoidh sé iad?

## Giota 13

Cén t-eolas atá á lorg anseo?

Cén freagra a thug Bus Éireann?

Cén t-am a fhágann na busanna Gaillimh ar an Domhnach?

## Giota 14

### Dialann Éadaoine

*An Aoine*: Bhí leathlá againn ar _____ inniu. Chuamar go dtí Biorra tar éis scoile. Chuamar _____ an chaisleáin ann. Bhí na _____ go hálainn. Ansin bhuaileamar le hAintín Rita ag an óstán. Bhí an _____ againn san _____. Thángamar abhaile ansin. Is breá le hAintín Rita _____. Tá sí cosúil liomsa! Chuir mé isteach na coiníní i gcomhair na hoíce.

*An Satharn*: Bhí sé go hálainn inniu. Chuaigh mé ag _____ le Jean. Thug Aintín Rita cúig phunt dúinn ag na _____. Tháinig Mamó _____, agus bhí na daoine fásta ag caint agus ag ól tae go dtí _____ _____. Chuireamar _____ ar na _____. Thóg mé _____ na coiníní ag siúl agus ag ithe. D'fhan Mamó i gcomhair na hóiche. Is _____ le Mamó teacht go Luimneach.

*An Domhnach*: Lá uafásach. Chuir mé na _____ amach sa chró ar

_____. Chuamar go dtí an t-aerfort le _____ Rita. D'imigh sí ar ais go

Meiriceá. Thángamar abhaile. Bhí _____ _____ sa _____. Bhí

_____ an domhain ar na coiníní _____. Ní raibh Cluasaí ag _____.

Chuir Mamaí an madra _____ ar an _____. Bhí cuma _____

ar Chluasaí. Thugamar go dtí an tréadlia í. Thug sé _____ di, mar

bhí a _____ ag bualadh ró-mhear. Fuair sí bás _____ _____ tamaill, agus tá mo

chroí _____ anois. Chuireamar ag _____ an ghairdín í, agus bhí Mamaí ag

_____. Tá an coinín eile go _____ anois. Níl aon chara aige ach ____

_____.

*An Luan*: Ní raibh aon _____ againn inniu. Bhí na daoine _____ ag vótáil.

Thángamar amach agus bhí roth pollta faoin _____. Chabhraigh

_____ _____ le Mamaí. Chuamar go dtí an _____. Cheannaigh

Mamaí an *Limerick Leader*. Bhí _____ de mo rangsa ar an

_____, mar bhuamar an cluiche _____ Dé Máirt seo

caite. Thug Daidí Biro deas _____ inniu. _____ sé ag vótáil tar éis

suipéir.


## Giota 15

Cad a tharla do Mhícheál Ó Sé an
Satharn seo caite?
Cár cheannaigh sé an ticéad?
Cén post atá aige?
Cad a dhéanfaidh sé anois?
(a)
(b)
(c)


## Giota 17

Cá bhfuil an buachaill óg? Cén fáth?
Cad a tharla?
Cé eile a gortaíodh sa timpiste?
Cén fáth a mbíonn an trácht an-trom?


## Giota 16

Conas a tharla an timpiste seo?
Gortaíodh _____ __

_____.
Scriosadh ____ _____.
_____ eile a bhí sa charr.
Cár tógadh an triúr?
Cá bhfuil siad anois?
Cén fáth ar tharla an timpiste?

## Giota 18

Cad a tharla don Dr de Bhailís inné?
Maraíodh _____ _____. Scriosadh

_____ _____

_____. Briseadh

_____ an ghluaisteáin.
Scaipeadh an ghloine ar an

_____.

Cén fáth ar tharla an timpiste?
Cá bhfuil an Dr de Bhailís anois?


## Giota 19

Cén fáth a raibh an bóthar dúnta?
Cá ndeachaigh na paisinéirí?
Scriosadh taobh _____ _____ agus
_____ an droichid.
Cén fáth ar tharla an timpiste?


## Giota 20

Cé dó an t-iarratas seo?
Cén fath?
Cé uaidh an t-iarratas?
Cén ceol a sheinnfear?


## Giota 21

Cé dó an t-iarratas seo?
Cén fáth?
Cé uaidh an t-iarratas?
Cén ceol a sheinnfear?


## Giota 22

Cé dó an t-iarratas seo?
Cén fáth?
Cé uaidh an t-iarratas?
Cén ceol a sheinnfear?


## Giota 23

Cé dó an t-iarratas seo?
Cén fáth?
Cé uaidh an t-iarratas?
Cén ceol a sheinnfear?
Cén spórt is maith le Cití?


## Giota 24

Tá _____ _____ ar strae.
Tá na _____ agus na
_____ scriosta acu.
Tá siad dainséarach _____ _____
_____ freisin.
Beidh _____ _____ sa tóir orthu go
luath.


## Giota 25

Cad a d'éalaigh?
Cá raibh siad?
Cathain?
_____ is ea iad.
Cé atá croíbhriste?


## Giota 26

Cá bhfuil na caoirigh?
Cathain a tháinig siad?
Cé a chuir isteach an fógra seo?
Cén uimhir atá aige nó aici?